ねずさんと語る

# 古事記

## 壱

小名木善行 著

青林堂

# 小名木善行先生の『ねずさんと語る古事記　壱〜参』の解説

國語問題協議會常任理事　安田倫子

今を生きる日本人が、誇りを持って気高《けだか》く生きていくために必要なのは、我々は「神話の続き」を生きているという自覚なのだと思う。

本書は、古事記を「ただのありふれた神話」と突き放すのではなく、今を生きる我々にとっての教科書として、古典をより身近なものとして捉《とら》え直そうとしている。

その一つ一つの物語を、古代の日本人の知見《ちけん》として、政治・経済・教育等の具体的な場面で、実際に役立つ知識として再認識しようというのだ。

まず、古事記は、日本という国家の根幹《こんかん》を記述しており、国家とは何か、天皇とは何か、守るべき国家の正義とは何かを指導する教科書であり、それ故《ゆえ》に国家の最高機密として秘匿《ひとく》されてきた。

後世《こうせい》の我々が、古事記を学ぶということは、そこに著《あらわ》された日本の原初的正義を学べることに意味がある。

現在の日本国は、日本国民の総体が主権者であり、国民全般が正しく国家の意思決定を行う前提として、我が国の伝統的な正義を学ぶべき時機《じき》にある。

従って、今こそ日本人一人一人が、古事記の精神を学び、受け継ぎ、実践《じっせん》すべき時なのだ。

本書の大きな特色は、古事記を逆から読むという試みである。

元来《がんらい》、古事記は、神代の神話から古事記の編纂《へんさん》された当時に至るまでの出来事が、その時代順に並んでいる。

長らく古事記とはそういうものだと理解されてきたし、そこに疑問を持つこと自体、古事記研究において見過ごされてきたように思う。

しかし、古事記の真の存在価値に光を当てるとき、古代の墳墓《ふんぼ》で財宝を発掘するような、驚嘆《きょうたん》の真実がある。

その編纂目的は、只《ただ》の神話、御伽噺《おとぎばなし》として記述し遺《のこ》すというだけではなく、過去の歴史的事実が風化する前に、ありのままこれを書き留めようとするものである。

よって、古事記が編纂された当時という時点から考えるとき、そこから遡って一番近い時点で起こった過去の出来事は、遥か大昔の出来事よりは鮮明な記録のある確かなものらしい事実である。

確かな記録の残る過去の出来事を起点に、一つ一つより古い記録へと辿《たど》っていった結果、その終着点が、あめつちのはじめだった。

そして、これを時系列で整理し直して順番に記述していき、最後の巻末は、当時にとっての「現在」に繋《つな》がる形で締めくくられている。

すなわち、古事記の扱う神話の時代とは、古事記編纂の当時にとって、少し前の過去のそのまた少し前の時代に過ぎないのだ。

この理《ことわり》は、至って当たり前のこと故に、見逃しがちではないだろうか。

そこから読み取れるのは、日本国の歴史が、天地開闢《かいびゃく》の初めから一本の物語として現在まで続いていることを、強く自覚すること、それこそが古事記編纂の意図《いと》である。

本書の古事記を逆順に辿るという構成は、古事記がその後の歴史書に直接繋がっていることの証明実験として、学術的に有意義な試みなのである。

また、我が国の歴史は、皇統《こうとう》と深く寄り添ってきた関係にある。

旧来、日本書紀《にほんしょき》・続日本紀《しょくにほんしょき》以降の歴史書は、天皇中心の価値観で書かれたことが共通認識として在《あ》った。

一方、古事記については、明確に天皇を中心に置いたわけではなく、神話全般を価値付けせず網羅《もうら》的に記述したものと考えられてきた。

漠然《ばくぜん》と神話が収集・記載され、あるとき突然天皇という存在が出現し、以降それが権力を持つようになり関心が集まったので、中心的な話題として取り扱ったかのようにである。

ところが、古事記を巻末から辿ると、これは明らかに天皇の業績《ぎょうせき》というものを、歴史を語る上での大きな手がかりとしている。

天皇の発生は、決して偶発的なものではなく、その擁立《ようりつ》過程をつまびらかにすることで、日本国の国家としての正当性を強調している。

その点に着目して本書は、日本書紀のみならず、古事記もまた天皇を中心とした価値観で記述される一体のものとして、把握《はあく》しようとしている。

背景としては、古事記編纂当時の機運《きうん》がある。

我が国が、自主独立国として台頭《たいとう》しようとした時期であり、国際関係上独立の正当性を喧《けん》伝《でん》し、国内的にも自律した国家体制の整備が進められた。

その我が国にとっての歴史的一大運動が、ある時点から突然始まったのではないということだ。

古事記の存在こそが、神話の時代から整然《せいぜん》と続く日本という国が、天皇を中心としてなりませる証拠なのである。

更に言えば、古くから、日本人は天皇の子、おほみたからとして大事にされてきた。

そして、日本人は、自分の祖先を敬《うやま》うのと同様に、皇統を敬って尊重し、その御恩《ごおん》に報いるためには、善良な日本人であれと教育されてきた。

こうした関係を続ける中で、一般的な日本人にとっても、天皇の物語は自身の物語でもあるという共感が生まれた。

つまり、現代を生きる我々、日本人の人生、その物語は、天皇という存在を通して古事記に深く結びついているのである。

古代から伝えられてきた神話には、日本人が生きるための示唆《しさ》が既《すで》に含まれており、我々が古事記を読むことで、人生訓《じんせいくん》を発見することもある。

その意味で、これからも古事記が、日本人が善良に生きていくための教科書「典教《てんきょう》」であり続けることだろう。


本書は、著者が、古い機械の複雑な構造を研究するようにして、古事記を再度丁寧《ていねい》に点検して埃《ほこり》を取った上で、油を挿《さ》し新たな息吹《いぶき》を与え稼動《かどう》させるかのような情熱に満ちている。

その巧みな論説の導きにより、古事記本来の意味、その真実に気付かされる。

読者が本書を読み終えたとき、改めて古事記を深く読み込んでみたいと感得《かんとく》するはずだ。

目次

# はじめに

## ▼ふることのふみ

古事記は、私たちの国の言葉である大和言葉《やまとことば》を、別な国の文字である漢字で書き表わした史書《ししょ》です。

古事記と書いて、私たちは「こじき」と読むのがあたりまえになっていますが、本当は大和言葉で「ふることのふみ」と読むのだといわれています。「ふる」は、上から下に流れるという意味を持つ大和言葉です。この言葉に私たちの祖先は、「古」という漢字をあてました。「古」は、もともと「中＋口」で、中は楯《たて》を表す象形《しょうけい》、口は人間の口を表す象形です。そこから古い昔を言い伝えるという意味になり、さらに発展して長い時間の経過した過去を意味する漢字になりました。その漢字が大和言葉の「ふる」に最も近いであろうということから、中国語で読む「ｇｕ」に、訓読《くんよ》みとして「ふる」があてられるようになりました。同様に大和言葉の「こと」は、神への祈りの言葉を書きつけて木の枝に結んだ象形文字の「事」があてられました。書いたものを示す「ふみ」には、整えて書くことを意味する「記」があてられて「古事記」という名称が生まれています。

このようなことは、もともと我が国に大和言葉があり、その大和言葉に、あとから漢字をあてはめたことを示しています。だからこそ日本語の漢字には、音読《おんよ》みと訓読みがあります。

## ▼国家の連帯意識

古事記は、太安万呂《おおのやすまろ》によって、和銅五（七一二）年に元明《げんめい》天皇に献上《けんじょう》されました。ではなぜ太安万呂が古事記の編纂《へんさん》に着手したかといえば、序文によれば天武十（六八一）年の天《てん》武《む》天皇の詔《みことのり》に基《もと》づきます。このわずか十八年前には白村江《はくすきえ》の敗戦があり、この時代、さらに唐と新羅が日本に攻め込むという情報がもたらされていました。ですから国をひとつにまとめるということは、天武天皇の強い願いであったでしょうし、そのために日本全国がひとつの価値観、共通した歴史観を持ち、日本国としての連帯意識を持つことは、まさに必要なことという時代の背景があったであろうことは、容易に察することができるだろうと思います。

## ▼太安万呂

古事記を編纂したのは、太安万呂《おおのやすまろ》です。太安万呂は奈良時代の文官で、その実在は、昭和五十四（一九七九）年一月に、奈良市で墓地が発見されたことによって立証されました。

太安万呂は、没後にその功績を称《たた》えられて贈従三位《ぞうじゅうさんい》に追陞《ついしょう》されています。天武天皇から詔《みことのり》を賜《たまわ》ったときには、まだ殿上《てんじょう》に上がることを許されない身分でした。こういうところにも、我が国が古来《こらい》、身分や系譜《けいふ》にとらわれずに、才能のある人を積極的に登用《とうよう》した様子を窺《うかが》うことができます。

## ▼神話

古事記は上中下の三巻で書かれています。このうちの上巻が、いわゆる神話の巻で、中巻が初代天皇である神倭伊波礼毘古命《かむやまといわれひこのみこと》から第十五代応神《おうじん》天皇まで、下巻が第三十三代推古《すいこ》天皇までの記述となっています。本書では、古事記そのものの通解《つうかい》ではなく、神話を読み解くことに主題を置いていますので、上巻の神話から初代天皇であられる神倭伊波礼毘古命までを扱っています。

## ▼古事記の記述

古事記の原文は、すべて漢字で書かれています。その理由は様々に解説されていますが、ただひとついえることは、すでに失われた大和言葉であっても、それが漢字で記述されていることによって、漢字の成り立ちを調べることで、その意味を知ることができるということです。

なぜなら、漢字にはもともと訓読みがあったわけではなくて、大和言葉に近い意味の漢字を後から輸入しているからです。たとえば因幡《いなば》の白うさぎについて、古事記はうさぎのことを「菟《と》」という漢字を用いています。「菟」は、もともと植物のネナシカズラという寄生木《やどりぎ》を意味する名詞です。中国では、そのネナシカズラのことを「菟」と書き、日本にも同じネナシカズラがあったから、ネナシカズラのことを「菟」と書いたわけです。

また古事記にはたくさんの神々が登場しますが、神々のお名前というのは、基本的に「諡《おくりな》」です。私たちは死ねば仏になり戒名《かいみょう》をいただきますが、神様はいってみれば、はじめからその戒名で呼ばれているわけです。そして戒名は、その人の生前の行いを特徴付けた名前が付けられます。つまり神様のお名前には意味があるということです。

たとえば「正勝吾勝勝速日天之忍穂耳命」という長い名前の神様が古事記の中に登場します。これを「マサカツアカツカチハヤヒアメノオシホミミノミコト」とカタカナで書いてしまったら、意味がわからなくなります。けれど漢字で書かれていることによって、私たちはその神様のお名前が、「まさに勝つ、我が勝つ、素速《すばや》く勝つ」という意味を持つ御神名《ごしんめい》であるとわかります。

その意味で、本書では神々のお名前をカタカナ表記することなく、すべてもとの漢字で書き表しました。

## ▼『ねずさんと語る古事記（全三巻）』の特徴

古事記の物語を次のように章立てしています。第一巻となる本書では「序文」「創成の神々」「伊耶那岐、伊耶那美」の三章を収録しています。

序文
創成の神々
伊耶那岐《いざなき》、伊耶那美《いざなみ》
天照大御神《あまてらすおほみかみ》と須佐之男命《すさのをのみこと》

八俣遠呂智《やまたのおろち》
大国主神《おほくにぬしのかみ》
葦原中国《あしはらのなかつくに》の平定
迩々芸命《ににぎのみこと》
海佐知毘古《うみさちひこ》と山佐知毘古《やまさちひこ》
神倭伊波礼毘古命《かむやまといはれひこのみこと》

各章では、原文をさらに細かく節に分け、それぞれに、

**【原文】**
**【読み下し文】**
**【現代語訳】**
**【解説】**

を付しています。

## ▼旧字と新字

本書では、古事記の原文と、その読み下し文、現代語訳をそれぞれ併記《へいき》しています。この

とき用いる漢字は、すべて新字体にしています。新字体と旧字体では、たとえば新字体の「礼」は、旧字なら「禮」です。旧字体は「礼は相手にわかるようにしっかりと豊かに示せ」ということがそのまま文字になっているように見える字で、なるほど旧字体の方が意味がわかりやすいと言えるかもしれません。けれど、その漢字の成り立ちまで遡《さかのぼ》るとなれば、書体は篆《てん》書《しょ》や金文体《きんぶんたい》まで遡ることになるわけで、そうなると、どこまでが旧字なのかという問題が生じることになります。そこで、本書では、使う漢字はすべて現代仮名遣いに用いられる新字体とし、本文の中で必要に応じて、その文字の成り立ちや字源《じげん》を表記するようにしました。

## ▼行間を読む

古事記に限らず古典を読むときに大切なことは、次の三つであると思います。

一　言葉のひとつひとつをしっかりと読み解く

二　行間《ぎょうかん》を読む

三　理論的に思考する

書かれた言葉の意味をひとつひとつ吟味《ぎんみ》しながら読み進めるだけでなく、それがなぜ書かれているのかを、行間の中から読み解くという姿勢です。たとえばヤマタノオロチは、古事記では「八俣遠呂智」と書かれています。日本書紀では「八岐大蛇」です。ではなぜ古事記は「オロチ」を大蛇と書かずに「遠呂智」と書いたのか、そもそも頭が八つもある怪獣は存在するのかといった、ごくシンプルなあたりまえのことを、無視しないでしっかりと読み取っていくということではないかと思います。

本書では、創成の神々の名前の意味するもの、黄泉《よみ》の国はなぜ黄色い泉と書かれているのか、天照大御神はなぜ岩戸に篭《こ》もられたのか、八俣遠呂智とは何か、蛇の部屋や蜂の部屋の意味するものは何か、天若日子《あめのわかひこ》の誠実、天孫降臨《てんそんこうりん》した五伴緒《いつとものお》の意味するもの、火照命《ほでりのみこと》の活躍の意味するもの、神倭伊波礼毘古命と五瀬命《いつせのみこと》の願いなど、従来の解説書にない古事記の読み取りをしています。それらは相互の矛盾《むじゅん》を排しながら、一語一語の意味をしっかりと踏まえて、その意図《いと》するものを理論的に読み取ろうとした結果です。

### ▼本書の記述

本書は、各章ごとに原文を細かく分け、それぞれを節として、原文、読み下し文、現代語訳を併記し、さらに解説を加えています。原文と読み下し文は、原則として岩波書店刊『日本思想大系Ⅰ、古事記（昭和五十七年版）』をベースにしています。ただし、たとえば「故」

などは、同書では「かれ」と訳されていますが、本書では「ゆゑに」と読み下しているなどの工夫《くふう》をしています。これは原文の意味を取りやすくするためです。また「～者」のような接続助詞は、読み下す際に最初から読みだけの表記に留《とど》めています（必要に応じて一部例外あり）。

現代語訳は、原則として読みやすさを優先しましたが、原文が大和言葉の音で書かれていて、あえて注釈が必要なものである場合は、現代語訳でも、その音で書かれた漢字をそのまま採用し、本文でその解説をするようにしました。

## ▼古事記を書き終えて

古事記を書き終えて思うことは、本当に古事記は学びの宝庫であるということでした。そして古事記の中に、日本が世界最古の歴史を刻んできた、その理由も、これからの時代に日本が国家として考えなければならない真実も、そして組織の中における人の生き方や、いわゆる経営学に相当するようなお話など、宝石のような素晴らしい物語が、まるで綺羅星のようにそこら中で輝いているということです。

本書は、様々な先生方の知識や知恵の蓄積《ちくせき》があったからこそ書けた書です。これは本当にありがたいことで、感謝の心でいっぱいです。みなさまとその感動を共有し、本書がまたひとつの踏み台となって古事記の研究がさらに一層深まっていくことができれば、これに勝《まさ》る幸せはありません。

平成二十九（二〇一七）年三月吉日

よく晴れて富士山が美しく見える日

小名木善行

# 第一章　古事記序文

## 第一節　今を照らす典教

【原文】

并序

臣安万呂言。夫、混元既凝、気象未效。無名無為、誰知其形。然、乾坤初分、参神作造化之首。陰陽斯開、二霊為群品之祖。所以、出入幽顕、日月彰於洗目、浮沈海水、神祇呈於滌身。故、太素杳冥、因本教而識孕土産嶋之時、元始綿邈、頼先聖而察生神立人之世。寔知、懸鏡吐珠而百王相続、喫剣切蛇、以万神蕃息与、議安河而平天下、論小浜而清国土。是以、番仁岐命、初降于高千嶺、神倭天皇、経歴于秋津嶋、化熊出川、天剣獲於高倉。生尾遮径、大烏導於吉野。列舞攘賊、聞歌伏仇。即、覚夢而敬神祇、所以称賢后。望烟而撫黎元、於今伝聖帝。定境開邦、制于近淡海。正姓撰氏、勒于遠飛鳥。雖歩驟各異文質不同、莫不稽古以縄風猷於既頽、照今以補典教於欲絶。

【読み下し文】

并序《あわせはじめ》

臣安万呂《やつこやすまろ》言《まを》す。夫《そ》れ、混元《まろかれ》既に凝《こ》りて、気象《きざし》未《いま》だ效《あらは》れず。名も無く為《しわざ》も無ければ、誰れか其の形を知らむ。然《しか》れども、乾坤《あめつち》初めて分かれて、参神《みはしらのかみ》造化《むすひ》の首《はじめ》と作《な》れり。陰陽《めを》斯《ここ》に開けて、二霊《ふたはしらのかみ》群品《もろもろ》の祖《おや》と為《な》れり。所以《ゆえ》に、幽顕《よみうつせみ》に出入《いでいり》て、日月《ひのかみつきのかみ》目を洗ふに彰《あらは》れ、海水《うしほ》に浮沈《うきしずみ》て、神祇《あまつかみくにつかみ》身を滌《すす》ぐに呈《あらは》れたり。故《かれ》、太素《もと》は杳冥《くら》けれども、本教《もとつをしへ》に因《よ》りて土《くに》を孕《はら》み島を産みし時を識《し》り、元始《はじめ》綿邈《とほ》けれども、先聖《さきつひじり》に頼《よ》りて神を生み人を立てし世を察《し》れり。寔《まこと》に知りぬ、鏡《かがみ》を懸《か》け珠《たま》を吐《は》きて、百王《もものきみ》相続《あひつづ》き、剣《つるぎ》を喫《か》み、蛇《をろち》を切りて、万神《よろずのかみ》蕃息《うまは》りたまひ、安河《やすのかは》に議《はか》りて天下《あめした》を平《たひら》げ、小浜《をばま》に論《あげつら》ひて国土《くに》を清めたまひし。是《こ》を以《も》ちて、番仁岐命《ほのににぎのみこと》、初めて高千嶺《たかちほのたけ》に降《お》り、神倭天皇《かむやまとのすめらみこと》、秋津島《あきつしま》に経歴《へ》したまひきとき、熊《くま》に化《な》れるもの川に出でて、天剣《あめのつるぎ》を高倉《たかくらじ》より獲《え》させたまひき。尾《を》の生《お》ふる人が径《みち》を遮《さへぎ》りて、大鳥《やたからす》は吉野に導きまつりき。舞《まい》を列《つら》ねて賊《あだ》を攘《はら》ひ、歌を聞きて仇《あだ》を伏《ふ》せたまひき。即ち夢《いめ》に覚《さと》りて神祇《あまつかみくにつかみ》を敬《ゐやま》ひたまひきは、所以《ゆえ》に賢后《かしこききみ》と称《たた》へられまつりき。烟《けぶり》を望《み》て黎元《おほみたから》を撫《な》でたまひきは、今に聖帝《ひじりのみかど》と伝へらえたり。境《さかひ》を定め邦《くに》を開きて、近淡海《ちかつあ》に制《しら》したまひき。姓《かばね》を正《ただ》し、氏《うぢ》を撰《えら》びて、遠つ飛鳥《あすか》で勒《しら》したまひき。歩驟《あゆみうぐつき》各異《おのこごと》に文質《かざりまこと》同じくあらずと雖《いえど》も、古《いにしへ》を稽《かむが》へて風猷《をしへ》既に頽《くず》れたるを縄《ただ》し、今を照らして典教《もり》を絶やするに補《おぎな》はずといふこと莫《な》し。

【現代語訳】

并序《あわせはじめ》

臣安万呂《やつこやすまろ》が申し上げます。

そもそも混沌としていて気象も現れず、名前も知られず誰もその形を知らなかった時代に天地が分れ、万物の創造神である三神（天之御中主神《あめのみなかぬしのかみ》、高御産巣日神《たかみむすひのかみ》、神産巣日神《かみむすひのかみ》）がお出ましになられました。陰陽が始まり二霊（伊耶那岐《いさなき》、伊耶那美《いさなみ》）が万物の祖となられ、この世とあの世を出入りして、天照大御神《あまてらすおほみかみ》と月読神《つくよみのかみ》が目を洗うことでお生まれになりました。さらに海水に浮沈し、身をすすぐことで神々が現われました。

この世の始まりの大元《おおもと》は、はっきりしていませんが、古くからの伝承によって私達は、国土が造られ、島が産まれた時を知ることができます。私達は神話の伝承者たちによって神々がお生まれになり、また人が築いてきた歴史を知る事ができるのです。

それは次のようなことです。

天の石戸で八咫《やた》の鏡が懸けられ、八咫《やた》の勾玉《まがたま》を吐き、歴代天皇のもと十束の剣を噛み、大蛇《をろち》を斬って、八百万の神々が盛んに増え、天の安河で議論をして天下を平定し、出雲の伊佐那の小浜で論争して国が清められ、迩迩芸命《ににぎのみこと》が初めて高千穂の山に降り、神倭天皇《かむやまとのすめらみこと》が秋津島《あきつしま》で長い時を過ごされ、神が化身した熊が川から来て、天より下された剣を高倉下《たかくらじ》から受け取り、尾の生えた人が道いっぱいに出て行く手を遮《さえぎ》り、八咫烏《やたからす》が吉野に導びくと、一同が舞い踊って賊を討ち、歌の合図とともに賊を従わせました。

（崇神《すじん》天皇は）夢で覚って、神々を敬い賢い天皇と讃えられました。

（仁徳《にんとく》天皇は）民のカマドの炊煙を望んで国の土台となる黎元《おほみたから》を慈しみ、今に聖帝《ひじりのみかど》と伝えらました。

（成務《せいむ》天皇は）国境を定め、国造や県主を定め近江で天下を治められました。

（允恭《いんぎょう》天皇は）姓《かばね》を正し、氏《うぢ》を選んで遠くまでを飛鳥《あすか》で天下を治められました。


【解説】

代々の政治には、馬の歩みに歩行と疾走があるように緩急があり、また文に書かれたものと実態とが必ずしも同じとは言えないとはいえ、古来我が国では、古《いにしえ》を省みることで世の道徳が崩れることを直し、歴史によって今の時代を照らして、人の道が絶えようとしていることを補わないということはありませんでした。

▼并序

序文があります。序文があるということは、たいへんありがたいことです。なぜならそこに古事記が書かれた経緯《けいい》や目的が記《しる》されているからです。これは古事記を読み解くにあたっての大きなヒントになります。

古事記は、序文のことを「并序《あわせはじめ》」と書いています。古事記は、上中下の三巻建てになっていますが、この三巻を通《あわせ》じての序であるという意味です。

▼臣安万呂言

出だしは「臣安万呂《やすまろ》が申し上げます（臣安万呂言）」です。安万呂は、古事記を編纂した太安万呂《おおのやすまろ》のことです。安麻呂は、みずから「臣」と名乗っています。

少し説明が必要です。

私たちの国は、「皇臣民《こうしんみん》」で構成されています。皇は天皇のことです。天皇は臣民を代表して神々に通じます。これを古い言葉で「知らす《シラス》」と言います。臣は天皇の下《もと》にあって政治や行政を司《つかさど》る人たちです。いまで言ったら公務員や政治家さんたちです。主な臣は天皇に任命されます。これを親任《しんにん》といいます。このカタチは、日本では古代から、現在の日本国憲法下においても変わっていません。現憲法下の内閣総理大臣は、与党第一党の党首が務《つと》めますが、会社において部長の内示を得ても、人事部からの正式な「何月何日を以て〇〇部部長に任ず」という辞令がなければ、部長としての資格も、権限も行使できません。同様に総理大臣は天皇の親任式を経《へ》なければ、総理としての権限を行使できません。こうした天皇による親任という形は、古事記が書かれた一三〇〇年前も、あるいはそれ以前の日本も、そして現在の日本もずっと同じです。

「皇臣民」の最下層にいるのが民です。その民のことを古事記序文は「黎元」と書いています。こう書いて「おほみたから」と読み下します。「黎」という字は禾と水と刃で成り立っています。禾は稲のことです。つまり稲刈りをする人々という意味がもともとの字源です。「元」は土台です。つまり稲作をして働く人々（＝民衆）こそが国の土台だということが「黎元」という漢字で示されています。そしてこれを大和言葉で「おほみたから」と読み下します。「おほ」は意富《おほ》で、意を強くする、「み」は御で天皇、「た」は田、「から」は「はらから」を意味します。つまり民衆は、天皇と同一の祖先を持つはらからであり、国家最高のたからものであるということが、この「おほみたから」という大和言葉の意味となります。臣は天皇に仕えますが、その役割は、天皇の「おほみたから」であり「黎元」である民衆が豊かに安全に安心して暮らせるようにすることだという認識が、「臣」という言葉の中にあります。

ちなみにその臣は、訓読みが「やっこ」です。これは町奴《まちやっこ》の「やっこ」と同じで、もともと大和言葉です。奴婢《ぬひ》という言葉をご存知の方も多いかと思います。最近では奴婢を一部の学者さんたちが「奴隷《どれい》だ」と書いています。けれど奴隷は、所有者にとっては動産であり、売買したり処分したりできる、動く物品です。一方「奴婢」は訓読みしたら「やっことはしため」です。もっとくだけて「やっこ」と「かかあ」とも読みます。要するに住み込みで働く下男下女のことです。いまで言ったら、官舎や社宅に住む公務員や上場会社の正社員のことです。いつから公務員が物として扱われるようになったのか、是非《ぜひ》、教えていただきたいものだと思います。

太安万呂は、みずからのことを「臣安万呂」と名乗っています。これは自分は天皇直下の官僚であり、神々に通じる天皇と、天皇のおほみたからである民のために働く安万呂ですという意思が込められた言葉です。古事記は、序文冒頭のたった五文字だけで、これだけのことを書き記しています。

## ▼今を照らす典教

右の現代語訳のうち、「そもそも混沌としていて気象も現れず」から、「(允恭《いんぎょう》天皇が) 天下を治められました」までのところは、古事記に記載された上巻から下巻の允恭天皇までの記述の要約です。このことについては、ここでひとつひとつの詳細《しょうさい》を書くと、あまりに長くなりすぎますので、該当《がいとう》の本文で述べたいと思います。

文の末尾のところに「古来我が国では、古《いにしえ》を省みることで世の道徳が崩れることを直し、歴史によって今の時代を照らして、人の道が絶えようとしていることを補わないということはありませんでした」とあります。この「古を省みることで今の時代を照らす」は、実は、たいへんに日本的な思想であり、言葉です。なぜなら日本人は、歴史をいまでも「今を照らす典教《てんきょう》」であり「人の道を学ぶもの」と考えているからです。

ひとくちに歴史といいますが、歴史に対する考え方は、国によって様々です。たとえば中国では歴史を単に「史」と言いますが、それは易姓革命《えきせいかくめい》によって成立した現在の王朝の正統性を述べるためのものです。皇帝は天帝から天命を得た存在と考える中国では、皇帝が不埒《ふらち》な存在となれば、これを倒して、新しい王朝が成立します。中国の皇帝には姓 (苗字) がありますから、姓が易わり《か》、天命が別な姓の人に革《あらたま》るのです。これが易姓革命です。後から生まれた王朝は、前の王朝にはすでに天命がなく、自《みずか》らが天帝（天の神様）から天命をいただいたということを証明しなければなりません。その証明のために書かれたものが「史」です。あくまで現在の王朝の正統性を示すための目的を持った書ですから、当然不都合《ふつごう》な真実は隠されますし、都合の良いことは大盛りに盛りつけられます。事実かどうかはあまり関係ありません。何よりも「正統性」という名前の「都合」が優先されるからです。

一方、ヨーロッパの歴史は「ヒストリー（History）」です。この言葉は紀元前五世紀の古代ギリシャのヘロドトスが著《あらわ》した歴史書『ヒストリア』に由来《ゆらい》します。ヒストリアというのは、直訳すれば「知っていること」もしくは「私がヒアリングして知ったこと」です。それ自体は「歴史」という意味ではありません。ところが事実上、これが西洋における最古の「歴史書」となりました。そしてこの本がもとになってヨーロッパにおける歴史観が形成されました。『ヒストリア』に何が書かれているかと言うと、「ギリシャの国々が互いに奪い合ったり戦争しあったりしていたときに、東洋からペルシャの大軍がやってきて、次々とギリシャの小国が滅《ほろ》ぼされた。けれど最後は英雄が現れて、みんなで協力して強大なペルシャをやっつけた。めでたし、めでたし」というお話です。

右のギリシャを地球に、東洋を火星に、ペルシャを火星人と置き換えると、H・G・ウェルズのＳＦ小説『宇宙戦争』になります。「地球では各国が互いに対立し、戦争に明け暮れていた。そこに強大な軍事力を持つ火星人が攻めて来た。あわや人類滅亡となりかけたとき、英雄が現れ、みんなで協力して火星人をやっつけた」です。『宇宙戦争』は、トム・クルーズ主演で映画化もされていますから、ご存知の方も多いかと思います。英雄が英雄であるためには、必ず強大な敵が必要になります。敵がいなければ英雄も生まれないからです。ですから西洋風の歴史認識には敵の存在が不可欠となります。

これに対し日本における歴史は、中国や西欧などとは、まったく異なる考え方に基づきます。

そもそも日本の天皇には、姓（名字）がありませんから易姓革命の必要がありません。天皇は最高神である天照大御神《あまてらすおほみかみ》の直系のご子孫であり、万世一系《ばんせいいっけい》の家系ですから、正統性を説く必要はありません。また意図的に強大な敵を設《もう》けることで、誰かを特別な英雄にする必要もありません。

では何のために歴史が書かれるかと言えば、どこまでも天皇の「おほみたから」である民衆が豊かに安心して安全に暮らせるようにするためです。これが「人の道」と日本人は考えます。ですから古事記は序文で「歴史によって今の時代を照らすことで、人の道が絶えようとしていることを補う（照今以補典教於欲絶）」と書いているわけです。

ただし日本における歴史の記述には特徴があります。目的が「人の道を示し、今を照らすもの」ですから、記述される内容は、建前が重視されます。浅野内匠頭《あさのたくみのかみ》は、五万三千石の大名でありながら、庭先で切腹となりました。殿中《でんちゅう》での刃傷《にんじょう》という原因と、庭先で切腹という結果は記されていますが、なぜ「庭先」で「切腹」だったのかという理由は、記録には書きませんし、書いたものもありません。そこで読み手が「行間を読む」必要が出てきます。短い言葉でも、常にそれが「なぜか」を考えて読むことが大切とされてきたのが日本の文化です。

古事記はまさに、「私たち日本人にとっての歴史」を書いた書であるということが、この「照今以補典教於欲絶」という言葉で示されているのです。

## 第二節　天武天皇のこと

【原文】

暨飛鳥清原大宮御大八洲天皇御世、潜龍体元、洊雷応期。開夢歌而相纂業、投夜水而知承基。然、天時未臻、蝉蛻於南山、人事共給、虎歩於東国。皇輿忽駕、淩渡山川。六師雷震、三軍電逝。杖矛挙威、猛士烟起。絳旗耀兵、凶徒瓦解。未移浹辰、気沴自清。乃、放牛息馬、愷

**悌帰於華夏。巻旌戢戈、儛詠停於都邑。歳次大梁、月踵侠鍾、清原大宮、昇即天位。道軼軒后、徳跨周王。握乾符而摠六合、得天統而包八荒。乗二気之正、斉五行之序。設神理以奨俗、敷英風以弘国。重加、智海浩汗、潭探上古。心鏡煒煌、明覩先代。**

**【読み下し文】**

飛鳥の清原《きよみはら》の大宮《おほみや》に大八州《おほやしまくにしら》御しめしし天皇《すめらみこと》の御世《みよ》に暨《いた》りて、潜《かくり》たる竜元《たつもと》を体《し》り、洊《しきり》なる雷《いかつち》は期《とき》に応《かな》ひぬ。夢《いめ》の歌を開きて業《わざ》を纂《つ》かむことを相《おも》ひ、夜の水《かは》に投《いた》りて基《もとゐ》を承《う》けむことを知りたまひき。然《しか》れども、天《あめ》の時、未だ臻《いた》らずして、南山《みなみのやま》に蝉《せみ》ごと蛻《もぬ》けたまひ、人《ひとの》事《わざ》共給《そなは》りて、東国《あづまのくに》に虎《とら》のごと歩《あゆ》みたまひき。皇輿《すめらみこと》忽《たちまち》に駕《いでま》して、山川《やまかは》を淩《こ》ひ渡りき。六師《すめらみいくさ》雷《いかづち》のごと震《ふ》り、三軍《おほみくさ》電《いなづま》のごと逝《ゆ》きき。矛《ほこ》を杖《つゑ》つき、威《いきほひ》挙《ふる》ひて、猛士《たけを》烟《けぶり》のごと起《おこ》りき。絳旗《あけのはた》兵《つはもの》を耀《かがや》かして、凶徒《あた》瓦《かはら》のごと解《と》けつ。浹辰《いくばくのとき》を移さずして、気沴《わざはひ》自《おのづか》ら清《しず》まりぬ。乃《すなわ》ち、牛を放ち馬を息《いこ》へて、愷悌《やす》く華夏《みやこ》に帰《かへ》りたまひき。旌《はた》を巻き戈《ほこ》を戢《おさ》めて、舞《まい》詠《うた》ひて、都邑《みやこ》に停《とどま》りたまひき。歳《ほし》大梁《とり》に次《やど》り、月、夾鐘《きさらぎ》に踵《あた》りて、清原《きよみはら》の大宮《おほみや》にして、昇《のぼ》りて天位《あまつくらゐ》に即《つ》きたまひき。道は軒后《けにのきみ》に軼《す》ぎたまひ、徳《うつくしび》は周王《しうのきみ》に跨《あふづく》みたまひき。乾符《あまつしるし》を握《と》りて六合《あめのした》を摠《す》べたまひ、天統《あめつち》を得《え》て八荒《やものきはまり》を包《か》ねたまひき。二気《ふたはこび》の正しきに乗り、五《いつ》行《めぐり》の序《つぎて》を斉《ととの》へたまひき。神理《あやしきことわり》を設《ま》けて、俗《ならはし》を奨《すす》め、英《すぐれ》たる風《をしへ》を敷《し》きて国に弘めたまひき。

重加《しかのみにあらず》、智海《さとりのうみ》は浩汗《おぎろ》として、潭《ふか》く上古《かみつよ》を探りたまひき。心鏡《こころのかがみ》は煒煌《あから》とにして、明らかに先代《さきつよ》を観《み》たまひき。

【現代語訳】

御即位される前にすでに天子となられる徳をお持ちになっていた天武《てんむ》天皇が、いよいよ飛鳥の浄御原《きよみはら》の大宮で大八州《おほやしま》を治められる時が到来しました。天武天皇は夢の中で聞いた歌を解釈し、また夜半に伊賀の名張の横河に行ったときに、帝業を受け継ぐべきことを知りました。

しかしこのときはまだ即位のときではなかったので、吉野に蝉のようにこっそり抜け出し、大勢の味方の軍勢を得て、東国に虎のように威風堂々と進まれたあと、山川を越えて、天子の神輿とその軍は雷のごとく、諸侯の軍は稲妻のごとく進み、矛《ほこ》を杖にし、ときの声をあげ、猛士たちは土煙を挙げ、天子の赤い旗は武器を輝かし、凶徒（近江朝廷の軍）は瓦のように砕け散りました。

こうして短時間の間に悪気が自然と清まると、天皇はすぐに戦争を止めて、心楽しく安らかに都に帰り、旗を巻き矛を収めて、舞い歌い帝都に留まりました。

木星が昴の方角に宿る年（酉年）、月は夾鐘《けふしよう》（二月）になり、清原の大宮で、天皇に即位されました。

**天武天皇の道は黄帝に勝り、徳は周王を越えています。三種の神器を得て天地四方を統べ、天津日嗣を得て荒遠の地をくつがえし、陰陽の正しい気に乗って五行の秩序を整え、神道《かんながらのみち》を施し良い風俗を勧め、優れた教化を布いて国に広めました。その智は海のごとき広く、深く上古を研究し、鏡のような御心は明らかに輝き、はっきりと先代を見極めておいでになります。**

**【解説】**

この段は、天武《てんむ》天皇の即位までの礼賛《らいさん》ですので、読み下し文をお読みいただくだけとし、次に進みたいと思います。

ただ一点だけ、この段に「その軍は雷のごとく、諸侯の軍は稲妻のごとく進み」と書かれていることは記憶しておいてください。第三章第八節（P160～）に、軍のことを雷とか稲妻と描写していることに関連してきます。

## 第三節　邦家の経緯、王化の鴻基

**【原文】**

於是天皇詔之。「朕聞、諸家之所賷帝紀及本辞、既違正実、多加虚偽。当今之時、不改其失、未経幾年、其旨欲滅。斯乃、邦家之経緯、王化之鴻基焉。故惟、撰録帝紀、討覈旧辞、削偽定実、欲流後葉。」時有舎人。姓稗田、名阿礼、年是廿八。為人聡明、度目誦口、払耳勒心。即、勅語阿礼、令誦習帝皇日継及先代旧辞。然、運移世異、未行其事矣。

**【読み下し文】**

ここに於いて天皇《すめらみこと》詔《の》りたまひしく。

「朕《われ》聞く、諸家《もろいえ》のもたらされているところの帝紀《すめらきのひつき》及び本辞《さきつよのことば》は、すでに正実《まこと》に違《たが》ひ、多く虚偽《いつはり》を加えたり。今の時に当りて、その失《あやまり》を改めずば、幾年《いくとせ》も経《へ》ずして、その旨《むね》滅びなむとす。

これすなわち、邦家《みかど》の経緯《たてぬき》、王化《おもふけ》の鴻基《おほきもとい》なり。

ゆえに惟《おも》ひみれば、帝紀《すめらきのひつき》を撰《えら》び録《しる》し、旧辞《ふること》を討《たず》ねて覈《きはめ》て、偽《いつはり》を削り実《まこと》を定めて、後葉《のちのよ》に流《つた》へむと欲《おも》ふ。」

時に舎人《とねり》有り。姓《うぢ》は稗田《ひえだ》、名は阿礼《あれ》、年は是れ廿八《はたちあまりやつ》。人と為《な》り聡明にして、目に度《わた》れば、口に誦《よ》み、耳に払《ふ》るれば心に勒《しる》す。

即ち、阿礼に勅語《みことのり》して、帝皇日継《すめらきのひつぎ》と先代旧辞《さきつのよのふること》とを誦習《よみならわ》しめたまいき。然《しか》れども、運《とき》移り世異《よかは》りて、未《いま》だその事を行なひたまはずき。

**【現代語訳】**

**ここにおいて天武《てんむ》天皇は、**

**「朕は、諸家にもたらされている歴代天皇記（帝紀《すめらきのひつき》）や我が国の神話や伝承（本辞《さきつよのことば》）は、既に真実と違っていて、多くの虚偽が加えられている。今この時に、その誤りを改めなければ、幾年を経ずして真実の歴史が滅びてしまうであろう。これらは国家成立の経緯（邦家の経緯）であり、歴代天皇の事績の大本（王化の鴻基）である。そこで帝紀を撰録し、旧辞を調べて、偽りを削り真実を見定めて、後の世に伝えたいと思う」と詔《みことのり》を発せられました。**

**ときに姓を稗田《ひえだ》、名は阿礼《あれ》という二十八歳の聡明な下級官吏がいました。彼はひとめ見ただけで、文をすぐに暗記し、一度聞いただけで心に刻み付けて忘れません。そこで稗田阿礼に勅命をもって帝皇日継と先代旧辞を読み習わせました。**

**しかし天皇の時勢が変っても、未だこの事は完成に至っていません。**

**【解説】**

ここで天武《てんむ》天皇の詔《みことのり》が示されています。詔というのは、天皇の仰せのことです。文頭が

「於是《ここにおいて》」となっていますが、日本書紀には、この詔が天武十（六八一）年のことで、川島《かわしまの》皇子《おうじ》、広瀬王《ひろせおう》などの皇族、貴族合わせて十二名を前に発せられたと書かれています。

詔は、はじめに「諸家にもたらされている帝紀と本辞」とあります。「帝紀」というのは歴代天皇記のこと、「本辞」は古くからの神話や伝承のことを指します。これが「諸《もろもろ》の家にもたらされている」わけです。原文では「諸家之所賷」で、「賷《せい》」という字は「もたらされている」ことを意味する漢字です。

この一文で、古事記は帝紀と本辞を原典にして書かれたということは明らかなのですが、ではその帝紀や本辞はどうなったかというと、「蘇我《そが》氏が滅ぼされたときに、蘇我氏の屋敷と一緒に焼失してしまった」というのが、現代の通説です。だから古事記は、「現存する日本最古の歴史書」とされているわけです。

ところがここには「諸家之」と書かれています。「諸」は「もろもろ」です。たくさんあるわけです。ということは、

帝紀《すめらきのひつき》
本辞《さきつよのことば》

というのは、単独の書名の固有名詞ではなくて、諸家にもたらされている様々な史書ないしは口伝《くでん》・口誦《こうしょう》などを総称したものということになります。

「諸」という漢字は、「言＋者」から成る会意《かいい》兼形声《けいせい》文字です。言偏《ごんべん》は、取っ手のある刃物の象形と口の象形で、これは「かしこまって言う」姿を現します。つくりの「者」は、台の上にたくさんの芝を乗せて火を焚《た》いている様子で、たくさんの芝を集めて火を焚いて、そこでかしこまって何かを奏上《そうじょう》する姿です。そこから多くのものを一本化するといった意味となり、この組み合わせから「諸」は、「ひとつにまとめるべきもろもろの」とか、「まとめるべきいろいろの」といった意味に使われる字になっています。

つまり「諸家」というのは、本来まとまるべき様々な家のことという意味の言葉です。それが蘇我家だけを示したものだと、なぜ言い切れるのでしょうか。

続けて古事記は、「稗田阿礼《ひえだのあれ》に勅命をもって帝皇日継と先代旧辞を読み習わせたけれど、天皇の時勢が変っても、未だこの事業は完成に至っていない」と書いています。

その前のところでは、稗田阿礼について、彼は、見たものをすぐに覚えるし、一度聞いたら忘れない天才的記憶力の持ち主であると書いています。

「帝皇日継」と「先代旧辞」は、上にある「帝紀と本辞」と同じものを指すと言われていますが、もし、それらが一冊ないし数冊程度の本だというのなら、それだけの天才的記憶術師の稗田阿礼なら、たちまちのうちに暗記してしまったことでしょう。

ところが古事記は、「天皇が移り変っても、未だ全部を暗唱するに至っていない（運移世異、未行其事矣）と書いています。

稗田阿礼が記憶することについて、古事記の原文は「払耳勒心」と書いています。

これは、「耳で聞いたことを心に刻みつける」という意味です。単に書かれたものを暗記するだけなら、「払耳」は不要な記述です。耳は関係ないからです。ところがどうみても、「払耳勒心」は、「耳で聞いたことを心に刻みつける」です。ということは「払耳勒心」なのですから、これは「言い伝え」となっている伝承を「一度聞いたら忘れない」と述べているとわかります。言い伝えなら、建物が焼失しても、人が生きていれば失われることはありません。

天武天皇がこの詔を発せられたのが天武十（六八一）年です。

古事記が天皇に提出されたのは、和銅五（七一二）年のことです。その間、まる三十一年です。

稗田阿礼は、まる三十一年かけて暗記を続けているのです。

にも拘《かか》わらず、

然、運移世異
未行其事矣
（然《しか》れども、運《とき》移り世異《よかは》りて、未《いま》だその事を行なひたまはずき）

（「現代文＝しかし天皇の時勢が変っても、未だこの事は完成に至っていません）

と書かれています。「未だに完成していない」のです。暗記の大天才が、三十一年の歳月をかけて暗記を続けても完成しない。しかもその中身は、単に書いてあるものだけではなくて、口誦も含んでいます。ということは、稗田阿礼が調査し暗記したのは、これまでに述べられてきた通説通りに、果たして本当に「蘇我氏が保管していた書だけ」でしかなかったのでしょうか。

また天武天皇は「これらは我が国の存立の経緯であり、国家運営の基本である」と述べられています。原文では「斯乃、邦家之経緯、王化之鴻基焉」です。

「斯《こ》れ乃《すなわ》ち、
邦家《みかど》の経緯《たてぬき》、
王化の鴻基《おほきもとい》焉《なり》」

と読み下します。

「邦家の経緯」とは、我が国の存立の経緯のことです。

「王化の鴻基」は、「鴻」が「大きい」という意味で、「基」が基本ですから、天皇の統治《とうち》の大きな基本という意味になります。つまり国家としての正しい価値判断の基準は、我が国の存立の経緯であり、天皇の統治の基本であるということを言っているわけです。つまり国家統治の基本となる史書の編纂を天武天皇はお命じになられたのです。

時代を考えれば、白村江の大敗があり、いつ唐と新羅の連合軍が日本に攻め込んでくるのかわからない。その危機的情況の中で、日本をひとつにまとめるために、日本が古くからある各地の独立した豪族たちの集合体というだけでなく、国家として天皇のもとに一丸とならなければならない。そうしなければ、未曾有《みぞう》の国難を乗り切ることができない。そのような強烈な問題意識への対策の中の一環として、古事記が編纂されているわけです。

だからこそ、国家存立の経緯を、豪族たちがバラバラな史観を持ったままにしておくのではなく、これを天皇のもとにひとつにまとめ、同時に天皇の国家統治の基本となる姿を歴史の中に明らかにする。そのために古事記の編纂を命じているのだということが、この一文によって明らかにされています。だからこそそのことを天武天皇は、「帝紀を撰録し、旧辞を調べて、偽りを削り真実を見定めて、後の世に伝えたいと思う」と述べられているわけです。

そしてそのように考えれば、古事記が、単に一冊の書を再編したというだけのことではなく、各地の豪族たちが、それぞれに自分の家のルーツを書きのこした文書や口伝から、「偽りを削り真実を見定めて」ひとつの文書に整理統合することは、これは時代の必要に迫られたものであったであろうということが容易に理解できると思います。

そしてこのことは、同時に、できあがったその史書（古事記）は、「国家存立の経緯を再確認するとともに、国家運営の基本をあらためて明らかにすることで、バラバラになった国体をひとつにまとめるために書かれた書である」ということができます。

およそ、天皇の詔勅《しょうちょく》によって書かれたものというのは、国家として書かれた目的を持つものです。目的もなく、ただ白うさぎを大国主神《おおくにぬしのかみ》が助けたとか、八つの頭を持つ大蛇を退治したとかいう、ただの荒唐無稽な物語を記述した書としてしか古事記を理解しないのでは、古事記の持つ凄みは理解し得ないものと思います。

## 第四節　元明天皇

**【原文】**

**伏惟皇帝陛下、得一光宅、通三亭育。御紫宸而徳被馬蹄之所極。坐玄扈而化照船頭之所逮。日浮重暉、雲散非烟。連柯并穂之瑞、史不絶書、列烽重訳之貢、府無空月。可謂名高文命、**

徳冠天乙矣。

**【読み下し文】**

伏《ふ》して皇帝陛下《すめらみこと》を惟《おもひ》みれば、一《ひと》を得て光宅《みちを》り、三《みつ》に通《わた》りて亭育《やしなひ》たまふ。紫宸《むらさきのとの》に御《しらしめ》して、徳《うつくしび》は馬の蹄《つめ》の所極《きはみ》を被《おほ》びたまふ。玄扈《くろきあきらか》坐《いま》して化《おもひ》は船頭《ふなへ》之所逮《いたり》を照らしたまふ。日浮かびて暉《ひかり》を重ね、雲散りて烟《けぶり》に非ず。柯《えだ》を連ね穂を并《あは》す瑞《しるし》、史《ふみひと》書《しる》すことを絶たず、烽《とぶひ》を列《つら》ね訳《をさ》を重ぬる貢《みつぎ》、府空《みくら》しき月無《つきな》し。名は文命《ぶにめい》よりも高く、徳は天乙《てにいち》にも冠《まさ》りと謂《い》ひつ可《べ》し。

**【現代語訳】**

伏して元明《げんめい》天皇のことを考えてみますと、帝《みかど》は、帝位についてすぐに天地人の三つに渡って家々を養われました。

天界の居所から統治をされ、その徳は馬の蹄にまで及び、地の居所においでになって大御《おおみ》心《こころ》は船の先にまで届き照らしています。

その光はまるで太陽が中空にあって輝き、その輝きは雲さえも隠してしまうかのようです。

草木の枝や茎が一体であるように、史官は絶えずその業績を記しています。

陛下への朝貢の列は烽火を連ねたようで、通訳がいなければ言葉が通じないほど遠くの国

**からも朝貢が絶えません。このため皇居の御蔵は献上品でいつもいっぱいになっています。元明天皇の御名は、中国の古代に名君とされた夏の禹王よりも高く、徳は殷の湯王にも優《まさ》っているといっても過言ではありません。**

**【解説】**

前段で、古事記編纂のきっかけになった天武《てんむ》天皇を讃《たた》え、ここでは、古事記の提出を命じた元明《げんめい》天皇を讃えています。

ここで興味深いのは、「陛下への朝貢の列は烽火を連ねたようで、通訳がいなければ言葉が通じないほど遠くの国からも朝貢が絶えません(列烽重訳之貢)」と書かれていることです。

このことは裏返しにいえば、元明天皇の時代には「通訳が必要なほど遠くの地まで天皇の影響力が及んでいた」ことを示しています。それだけ遠くの国に諸侯がいて朝貢をしてきているわけです。

このことを前の段の「諸家」に重ねてみると、遠方の国まで倭国《わこく》の一部となっていたということがわかります。そしてその遠くの地では、言葉が通じない。これは方言ともいえるし、もしかしたら語圏《ごけん》が異なっているような地域や民族でもあったかもしれません。

さらに続きを読んでみます。

## 第五節　古事記の書き方

【原文】

於焉、惜旧辞之誤忤、正先紀之謬錯、以和銅四年九月十八日、詔臣安万呂、撰録稗田阿礼所誦之勅語旧辞以献上者、謹随詔旨、子細採摭。然、上古之時、言意並朴、敷文構句、於字即難。已因訓述者、詞不逮心。全以音連者、事趣更長。是以今、或一句之中、交用音訓、或一事之内、全以訓録。即、辞理叵見、以注明、意況易解、更非注。亦、於姓日下謂玖沙訶。於名帯字謂多羅斯。如此之類、随本不改。大抵所記者、自天地開闢始、以訖于小治田御世。故、天御中主神以下、日子波限建鵜草葺不合尊以前、為上巻、神倭伊波礼毘古天皇以下、品陀御世以前、為中巻、大雀皇帝以下、小治田大宮以前、為下巻、并録三巻、謹以献上。臣安萬呂、誠惶誠恐、頓首頓首。

和銅五年正月廿八日　正五位上勳五等太朝臣安万呂

【読み下し文】

焉《ここ》に於いて、旧辞《ふること》の誤《あやま》り忤《たが》へるを惜《お》しみ、先紀《さきつひつぎ》の謬《あやま》り錯《まじ》われるを正さむとして、和銅四年（七一一年）九月十八日に、臣安万呂《やっこやすまろ》に詔《みことのり》して、稗田阿礼《ひえだのあれ》が所誦《よ》める勅語《みことのり》の旧辞《ふること》を撰《えら》び録《しる》して献上《たてまつ》らしむといへれば、謹みて詔旨《みことのり》の随《まにま》に、子細《こまかで》に採り摭《ひ》りぬ。然《しか》れども、上古《かみつよ》の時は、言《こと》と意《こころ》並びに朴《すなほ》にして、文《ふみ》を敷き句《こと》を構《かま》ふること、字《かな》に於《お》ては難《かた》し。已《すで》に訓《よみ》に因《よ》りて述べたるは、詞《ことば》心に逮《およ》ばず。全《また》く音《こえ》を以《も》ちて連《つら》ねたるは、事《こと》の趣更《おもむきさら》に長《なが》し。是《ここ》を以《も》ちて今《いま》、或《あるい》は一句《ひとこと》の中《うち》にもあれ、音《こえ》と訓《よみ》を交《まじ》へ用《もち》ゐ、一事《ひとこと》の内《うち》にもあれ、全《また》く訓《よみ》を以《も》ちて録《しる》しぬ。

即《すなは》ち、辞《ことば》の理《ことわり》の見え叵《がた》きは、注《しるべ》を以《も》ちて明《あか》し、意《こころ》の況《おもむき》の解《わか》り易《やす》きは、更《さら》に注《しらべ》せず。亦《また》、姓《うぢ》に於きて日下《にちげ》を玖沙訶《くさか》と謂《い》ふ。名に於きて帯《たい》の字を多羅斯《たらし》と謂《い》ふ。此《かく》の如き類《たぐひ》は、本《もと》の随《まにま》に改《あらた》めず。

大抵記所《おほかたしるせ》るは、天地《あめつち》の開闢《ひら》けし自《よ》り始《はじ》めて、小治田《おはりだ》の御世《みよ》に訖《をは》る。

故《かれ》、天御中主神《あめのみなかぬしのかみ》以下《よりしも》、日子波限建鵜草葺不合尊《ひこなぎさたけうがやふきあへずのみこと》より以前《さき》を、上巻《かみつまき》と為《し》、神倭伊波礼毘古天皇《かむやまといはれびこのすめらみこと》より以下《しも》、品陀御世《ほむだのみよ》より以前《さき》を、中巻《なかつまき》と為《し》、大雀皇帝《おほさざきのすめらみこと》より以下《しも》、小治田大宮《おはりだのおほみや》より以前《さき》を、下巻《しもつまき》と為《す》。

并《あは》せて三巻を録《しる》して、謹みて献上《たてまつ》る。

臣《やつこ》安万呂、誠《まこと》に惶《をのの》き誠恐《まことにかしこ》まりと、頓《のみ》に首《まをす》、頓《のみ》に首《まをす》。

和銅五年正月廿八日　正五位上勲五等太朝臣安万侶《いつのくらいのかみいさをのいつしなおほのあそみやすまろ》

**【現代語訳】**

さて以上のように、旧辞や先紀の惜しい誤りや間違っているところを正す努力を続けてきたのですが、和銅四年（七一一年）九月十八日に、元明天皇《げんめい》より「稗田阿礼《ひえだのあれ》の誦む所の天武天皇の勅語による旧辞を撰録して献上せよ」との詔が臣安万呂《やすまろ》に下されました。

そこで謹んで、詔の通りに提出いたします。

ただ、旧辞を細かく採択し拾っていきましたが、もともとが上古のものであるために、以下の問題があります。それは、

1　上古の言葉は飾り気がなくて故意に良く見せようとはしていない。

2　上古の文章や語句の意味を書き表すのに、漢字では困難（不十分）である。

3　既に文字や読みが漢字で書き表されているものでも、言葉や文の意味が古い意味と異なっているものがある。

4　新たに漢字で文を書き表すと、文章が長たらしくなってしまうものがあるなどです。そこで、

イ　あるものは一句の中に、音訓を交えて用いました。

ロ　あるものは一言の中で全て訓を使って記しました。
ハ　既に言葉の意味の通りにくくなっているものは、注釈を書いて明らかにしました。
ニ　意味の解りやすいものは、注釈はつけないようにしました。
また姓などについては、
ホ　日下《くさか》を玖沙訶《くさか》と書いたり、
ヘ　あるいは名について、帯《たい》の字を多羅斯《たらし》と読むようなものは、元通りに改めることはしていません。
今回、この書で書き記した範囲は、天地開闢から推古《すいこ》天皇の治世までです。そのなかで、
上巻《かみつまき》は、天之御中主神《あめのみなかぬしのかみ》から日高日子波限建鵜葺草葺不合命《なぎさたけうがやふきあへずのみこと》まで。

中巻《なかつまき》は、神倭伊波礼毘古天皇《かむやまといはれびこのすめらみこと》から応神《おうじん》天皇の治世まで。

下巻《しもつまき》は、仁徳《にんとく》天皇から推古天皇の治世まで。

とし、全体を三巻建てとしました。

誠意をもって書き上げましたが、いま臣安万呂は、おののきかしこまりながら、最大限の敬意を込めて、ここに謹んで献上いたします。

和銅五年正月廿八日　正五位上勳五等太朝臣安万呂

【解説】

この段では、『古事記』がいよいよ提出に至った経緯があきらかにされています。太安万呂《おおのやすまろ》は、稗田阿礼《ひえだのあれ》とともに天武十（六八一）年の第四十代天武《てんむ》天皇の詔に基づき、誠実に旧辞の調査を続けてきたわけです。ところが第四十三代元明《げんめい》天皇の時代である和銅四（七一一）年九月十八日、天皇からの直接の命によって、これまでに調査した結果を書にして提出せよと命ぜられたわけです。

要するに、まる三十年間の調査結果を、報告せよというわけです。そして『古事記』としてこれが提出された日が、和銅五（七一二）年正月廿八日です。つまり命ぜられてからわずか百三十日で、これまでの三十年の研究成果をまとめて提出したわけです。これはすごい才能だと思います。

ここで注意したいのは、まる三十年という歳月です。前にも書きましたが、稗田阿礼は記憶の天才です。その天才が蘇我氏の保管している帝紀（帝皇日継）や本辞（先代旧辞）を記憶しただけというには、三十年はあまりに長すぎです。しかも前に述べた通り、本辞というのは口誦の神話や伝承のことで、そうであるならば、蘇我氏の屋敷が焼失したために古事記以前の伝承はなくなったという説は、どうにも疑わしいと言わざるを得ません。

津田左右吉博士は四世紀後半には、日本にはすでに漢字がはいってきたと述べていますし、三重県の片部遺跡から出土した墨書《ぼくしょ》土器は、四世紀前半のものだけれど、そこにしっかりと墨書の文字が記されています。

種子島の広田遺跡から出土した貝札《かいさつ》は、これは二世紀のものですけれど、そこにはくっきりと「山」という字が墨書されています。

また福岡湾の志賀島《しかのしま》で発見された「漢倭奴國王《かんわなのこくおう》」の金印は西暦五十七（建武中元二）年、つまり一世紀のものですが、印というのは、書に押すものです。文字がなく、書がないなら印は不要です。

さらに韓国のいちばん南側にある慶尚南道《けいしょうなんどう》は、古代においては日本の領土であった地域ですが、そこにある茶戸里《ちゃどり》遺跡《いせき》からは、木片に文字を書くための筆と削刀《きさげ》が多数出土しています。これは紀元前一世紀のものです。文字がなければ筆も削刀も不要です。

つまり、巷間《こうかん》言われている六世紀に文字が渡来したという通説は、実はかなり疑わしいものといえるかもしれません。さらにいうと、では、そうした古い昔に使っていた文字が、果たして漢字だけだったのだろうかという疑問があります。

原文に「敷文構句、於字即難」という言葉があります。普通はここは「文《ふみ》を敷き句を構《かま》ふること、字《かな》に於《おき》ては難《かた》し」と読み下します。「於字即難」は「漢字で書き表すのはむずかしい」、という意味だとすぐにわかります。

問題は「敷文構句」で、「敷」は田んぼのいちめんに苗を敷き詰めるように植えること、「構」は木を上下左右に差し渡して組み立てること、「句」は言葉や単語のことが、それぞれ字源になっています。そこからこの四文字を全体の文意から「田んぼのいちめんに植えられている苗のように敷かれた文や、そこにある語句の組み合わせ」とも読み下すことができます。

すると「敷文構句、於字即難」は、…田んぼのいちめんに植えられている苗のように敷かれた文や、そこにある語句の組み合わせを、漢字で書き表すのはむずかしい……と読むことができるのです。もしそうであるならば、漢字ではない文字で書かれた膨大な史料や、大和言葉で述べられている口誦口伝は、漢語で書き表すのはむずかしいです、ということが、この八文字で述べられていることになります。

その後の文は、「だから漢語では書ききれないものは、漢字の音だけを用いて、大和言葉そのままで書き表しました」ということです。ということは「敷文構句」を「文《ふみ》を敷き句《こと》を構《かま》ふること」と読み下すのは、実は間違いで、ここは「敷かれた文、構えた句」と読み下すのが正解なのではないでしょうか。なぜならもともと帝紀や本辞が、漢字で書かれたものであったのなら、それを「漢字で書き表すのがむずかしい（於字即難）」という表現はあり得ない表現となるからです。

ではそれは、どのような文字で書かれていたのでしょうか。遺跡の発掘から、少なくとも二世紀には、漢字が使われていたこと、紀元前一世紀には、文字が使われていたことがわかります。漢字は外国語であり、当時の日本は、倭国として中国の王朝と交易《こうえき》をしていましたから、交易に際して外国語である中国語が使われ、その文字が使われていたであろうことは容易に想像できます。

では漢字以外に文字はなかったのでしょうか。中国で漢字が標準文字になったのは、紀元前二二一年の秦の始皇帝による中国統一からとされています。このとき始皇帝は、中国全土の様々な豪族たちが使う別な文字を焚書《ふんしょ》して、漢字による文字の統一を果たしたと伝えられています。つまり中国においても、文字は様々なものがあったわけです。さらにフビライで有名な元王朝の時代には、公式文字は漢字とはまったく異なるモンゴル文字が使われました。また清王朝の時代には、公式文字は女真文字《じょしんもじ》が使われています。つまり諸民族によって異なる文字が使われていたのです。

日本の場合はどうかというと、ホツマ文字、カタカムナ文字、アヒル（阿比留）文字、豊《とよ》国文字《くにもじ》など、名の知られている神代文字《かみよもじ》だけでも、ざっと三十四種類の文字があります。人によっては三百種類以上あると言う方もおいでになります。

それら神代文字は、いまでは「江戸時代の贋作《がんさく》」であると一蹴《いっしゅう》されているのですが、ところが伊勢神宮には、稗田阿礼や、後醍醐《ごだいご》天皇、平将門《たいらのまさかど》、菅原道真《すがわらのみちざね》、源頼朝《みなもとのよりとも》、源義《みなもとのよし》経《つね》などが奉納《ほうのう》した幣《ぬさ》（祈願のためのお札《ふだ》のようなもの）が遺《のこ》されていますが、それらは神代文字で書かれています。

そして前の段には、元明天皇のもとには、「通訳がいなければ言葉が通じないほど遠くの国からも朝貢が絶えません」と書かれています。

いまでも、東北弁と九州弁では、互いに言葉がまったく通じなかったりしますが、交通機関やメディアがいまのように発達していなかった時代であれば、地方ごとの方言はもっと強かったでしょうし、文字もそれぞれの地域の豪族によって、異なる文字が使われていたとしても、なんら不自然ではありません。そうであるとすれば、神代文字の種類が豊富なことも納得できます。

そしてもし、全国の豪族たちによって保管された神代文字の帝紀や本辞、あるいは口伝口誦が、地域ごとによって、その内容に差異《さい》があるなら、それを何らかの形で統一しようという動きが出たとしても、これまた十分あり得る話になります。そしてその場合、ではどの文字を統一文字として記すかは、かなり困難な問題になります。あちら立てればこちら立たずになるからです。

古事記が書かれたきっかけとなった天武天皇の詔天武十（六八一）年は、「白村江の戦い天智二（六六三）年」の十八年後です。「白村江の戦い」は、朝鮮半島で新羅に滅ぼされた百済を救うために日本が五万の兵を朝鮮半島に送り込みながら、唐と新羅の十八万の連合軍に敗退した戦いです。この当時の日本の人口は約四百万人ですから、五万の軍勢というのは、現代日本の一億二千六百万人で換算したら約百六十万です。それが敗退したとなれば、そのことがどれだけ深刻な出来事であったかがわかります。

戦後十八年目というと先の大戦でいえば、ちょうど東京オリンピックの前の年にあたりますが、たいへんな戦いのあとに戦後復興が行われ、それがひとつの節目《ふしめ》となる時期に、現代においては東京オリンピックが開催され、古代においては『古事記』編纂が開始されているということができます。

ところがこうした「戦後の復興が一段落したとき」というのは、たいへんに危ない時期でもあります。国難のときや、その復興のときには、みんなが一致団結し協力しあうことができます。けれど安定してくると、今度は私心に基づく互いの利権の衝突が起こり、かえって国がバラバラになり易いのです。だからこそ天武天皇が、「数年を経ずしてその旨は滅んでしまうであろう」と心配しておいでになります。原文では「未経幾年其旨欲滅」ですが、これは「幾年《いくとせ》を経未《へず》してその旨滅《ほろ》びなんと欲《す》」です。「その旨」というのは文脈から「正しい価値判断の基準」です。それが失われてしまえば、国家の紐帯《ちゅうたい》がほどけて、国そのものがバラバラになってしまうという危惧《きぐ》があったわけです。そしてその危惧から、『古事記』の編纂が始まっています。そして『古事記』の編纂は、まる三十年かけて、いまだ終わっていないのです。稗田阿礼が記憶の天才であったことを考えると、調査期間の三十年は、数冊や数十冊の書物の記憶にしては長すぎます。「敷文構句」が膨大な書や伝承を指し、それが全国の各豪族ごとに、文字も内容もバラバラなら、そのひとつひとつを精査検証するには、三十年では逆に短いくらいです。

そういう次第で「旧辞や先紀の惜しい誤りや間違っているところを正す努力を続けてきたのですが、和銅四（七一一）年九月十八日に、元明天皇より『稗田阿礼の誦む所の天武天皇の勅語による旧辞を撰録して献上せよ』との詔が臣安万呂に下された」ので、この『古事記』を提出することになりました、ということが、この段の趣旨なのではないかと思います。

では、まとめにあたって具体的にどのように記述をしたかについては、注釈を施《ほどこ》したことか、音訓を交えて書いたなどというところに現れています。

そして元明天皇から勅命をいただいて、わずか百三十日で、これをまとめて天皇に献上したわけです。これはすごいことです。

# 第二章　創成の神々

## 天地の初め

【原文】

天地初発之時、於高天原成神名、天之御中主神。訓高下天、云阿麻。下効此。次高御産巣日神。次神産巣日神。此三柱神者、並独神成坐而、隠身也。

次、国稚如浮脂而、久羅下那州多陀用幣流之時、流字以上十字以音、如葦牙、因萌騰之物而成神名、宇摩志阿斯訶備比古遅神此神、名以音、次天之常立神。訓常云登許。訓立云多知。此二柱神亦、並独神成坐而、隠身也。上件五柱神者、別天神。

次成神名、国之常立神、訓常立亦如上。次豊雲上野神。此二柱神亦、独神成坐而、隠身也。

次成神名、宇比地迩上神、次妹須比智迩去神、此二神名以音、次角杙神、次妹活杙神二柱、次意富斗能地神、次妹大斗乃弁神、此二神名亦以音。次於母陀流神、次妹阿夜上訶志古泥神、此二神名皆以音。次伊耶那岐神、次妹伊耶那美神。此二神名亦以音如上。上件、自国之常立神以下、伊耶那美神以前、并称神世七代。上二柱独神、各云一代。次双十神、各合二神云一代也。

## 【読み下し文】

天地《あめつち》初めて発《おこ》りし時、高天原《たかあまのはら》に成りませる神の名は、天之御中主神《あめのみなかぬしのかみ》。高の下の天の訓《よみ》は、「あま」と云ふ。下はこれに効《なら》ふ。次に高御産巣日神《たかみむすひのかみ》。次に神産巣日神《かみむすひのかみ》。此《こ》の三柱《みはしら》の神は、並《とも》に独神《ひとりかみ》と成り坐《ま》して、身を隠《かく》しましき。

次に、国稚《くにわか》く浮ける脂《あぶら》の如《ごと》くして、久羅下那州多陀用弊流時《くらげなすただよへるとき》、流の字より以上《かみ》の十字は音《こえ》を以《もち》いる。葦牙《あしかび》の如く、萌《も》え騰《あが》る物《もの》に因《よ》りて成りませる神の名は、宇摩志阿斯訶備比古遅神《うましあしかびひこちのかみ》、此の名は音を以いる。次に天之常立神《あめのとこたちのかみ》。常を訓《よ》みて登許《とこ》と云ふ。立を訓《よ》みて多知《たち》と云ふ。此《こ》の二柱《ふたはしら》の神も、並《とも》に独神《ひとりかみ》と成り坐して、身を隠《かく》しましき。上《かみ》の件《くだり》の五柱《いつはしら》の神は、別天神《ことあめのかみ》。

次に成りませる神の名は、国之常立神《くにのとこたちのかみ》、常立を訓《よ》むこと亦《も》上《かみ》の如し。次に豊雲《とよくも》（上）野神《のかみ》。此《こ》の二柱《ふたはしら》の神も亦《また》、独神《ひとりかみ》と成《な》り坐《ま》し而《て》、身を隠しましき也《なり》。

次に成《な》りませる神の名は、宇比地迩《うひちにの》（上）神《かみ》、次に妹須比智迩《いもすひちにの》（去）神《かみ》、此《こ》の二神《ふたはしらのかみ》の名は音《こえ》を以《もち》いる。

次に角杙神《つのくひのかみ》、次に妹活杙神《いもいくくひのかみ》の二柱《ふたはしら》、

次に意富斗能地神《おほとのちのかみ》、次に妹大斗乃弁神《いもおほとのへのかみ》、此《こ》の二神《ふたはしらのかみ》の名亦《も》音《こえ》を以《もち》いる。

次に於母陀流神《おもたるのかみ》、次に妹阿夜《いもあや》（上）訶志古泥神《かしこねのかみ》、此の二神《ふたはしらのかみ》の名は皆音《みなこえ》を以《もち》いる。

次に伊耶那岐神《いさなきのかみ》、次に妹伊耶那美神《いもいさなみのかみ》。此《こ》の二神《ふたはしらのかみ》名の名は皆音《みなこえ》を以《もち》いること上《かみ》の如《ごと》し。

上《かみ》の件《くだり》の国之常立神以下《よりしも》、伊耶那美神以前《よりさき》を、并《あは》せて神世七代と称《い》ふ。上《かみ》の二柱独神《ふたはしらのひとりかみ》は、各《おのおの》一代と云う。次に双《なら》べる十神《とはしらの》は、各《おのおの》二柱の神を合わせて一代《ひとよ》と云う。

**【現代語訳】**


**天地《あめつち》が初めて発《おこ》ったとき、高天原《たかあまのはら》に成りました神の名は、天之御中主神《あめのみなかぬしのかみ》といいます。高という字の下に書かれている天という字は、あまと読みます。以下も同じです。**

**次に高御産巣日神《たかみむすひのかみ》、**
**次に神産巣日神《かみむすひのかみ》。**

**この三柱《みはしら》の神は、いずれも独神《ひとりかみ》として成り、身を隠《かく》されました。**

**次に国がまだ稚《わか》くて、浮いている脂《あぶら》のように、あるいはクラゲが海水にただよっているかのような状態のときに、葦《あし》の芽のように萌《も》え騰《あが》る物《もの》によって成りました神の名は、宇摩志阿斯訶備比古遅神《うましあしかびひこちのかみ》です。**

**次に天之常立神《あめのとこたちのかみ》が成られ、この二柱の神も、独神《ひとりかみ》で身をお隠《かく》しになりました。ここまでの五柱の神様は、異なる天の神です。**

**次に成られた神の名は、国之常立神《くにのとこたちのかみ》です。**

次に豊雲《とよくも》（上）野神《のかみ》です。この二柱《ふたはしら》の神もまた、独神《ひとりかみ》として成られ、身をお隠しになりました。

次に成《な》られた神の名は、

宇比地迩《うひちにの》（上）神《かみ》、次に妹須比智迩《いもすひちにの》（去）神《かみ》、次に角杙神《つのくひのかみ》、次に妹活杙神《いもいくくひのかみ》（二柱）、次に意富斗能地神《おほとのちのかみ》、次に妹大斗乃弁神《いもおほとのへのかみ》、次に於母陀流神《おもたるのかみ》、次に妹阿夜《いもあや》（上）訶志古泥神《かしこねのかみ》、次に伊耶那岐神《いさなきのかみ》、次に妹伊耶那美神《いもいさなみのかみ》です。

上にある国之常立神以下、伊耶那美神よりも前の神を、合わせて神世七代といいます。このうち二柱の独神《ひとりかみ》は、各《おのおの》一代と数えます。そのあとの十柱の神は、それぞれ二神を合わせて一代《ひとよ》と数えます。

【解説】

## ▼十七柱の神々

古事記は、その最初の書き出しのところで、神々のお名前がズラリと並ぶため、ここで『古事記』を読むことをあきらめてしまわれる方が多いようです。とりわけ多くの解説書が、神々のお名前をカタカナで表記していることから、アマテラスオホミカミ、イサナキノミコト、イサナミノミコト、オオクニヌシノミコトなどと、カタカナがずっと続くと、それだけで眼がチカチカしてしまって、読むのをためらってしまわれる方も多いと聞きます。

ところが神々のお名前は、書かれた漢字の意味を解釈していくと、それぞれのお名前に深い意味があることがわかり、これを知ると古事記がたいへん楽しくなります。ですから本書では、神々のお名前を解説においても漢字で表記することにします。

また、古事記は、序文に書かれていた通りに、本文内にたくさんの注記があります。この注記も注意を払って読むことで、実は古事記の楽しさが倍増します。

さて、この節には合計十七柱の神々が登場します。そこでまず、登場している神様のお名前を、順番に並べてみます。「〇代」というのは、筆者が勝手に振った通し番号です。（妹）というのは、妻という意味です。

初代　天之御中主神《あめのみなかぬしのかみ》
二代　高御産巣日神《たかみむすひのかみ》
三代　神産巣日神《かみむすひのかみ》
四代　宇摩志阿斯訶備比古遅神《うましあしかひひこちのかみ》

五代　天之常立神《あめのとこたちのかみ》
六代　国之常立神《くにのとこたちのかみ》
七代　豊雲野神《とよくものかみ》
八代　宇比地迩神《うひちにのかみ》
九代（妹）須比智迩神《すひちにのかみ》
十代　角杙神《つのくひのかみ》
十一代（妹）活杙神《いくくひのかみ》
十二代　意富斗能地神《おほとのちのかみ》
十三代（妹）大斗乃弁神《おほとのへのかみ》
十四代　於母陀琉神《おもたるのかみ》
十五代（妹）阿夜訶志古泥神《あやかしこねのかみ》
十六代　伊耶那岐神《いさなきのかみ》
十七代（妹）伊耶那美神《いさなみのかみ》

初代から七代までの神様は「独《ひと》り神」で男女の性別のない神様です。このうち、五代の天之常立神までの神様が、別天津神《ことあまつかみ》、六代の国之常立神から、十七代の伊耶那美神までを神世《かみよ》七代《ななよ》と言います。六代から十七代までは十二柱の神様なのに、どうして七代なのかというと、八代の宇比地迩神以降の神様が、男女一対の神様だからです。

## ▼「あめ」と「あま」

本文のいちばん初めは、次のように書かれています。

「天地《あめつち》初めて発《おこ》りし時、高天原《たかあまのはら》に成りませる神の名は、天之御中主神《あめのみなかぬしのかみ》」（原文：天地初発之時、於高天原成神名、天之御中主神）

続けて注釈が書かれています。

「高の下の天の訓《よみ》は「あま」と云ふ。下はこれに効《なら》ふ」（原文：訓高下天、云阿麻。下効此）

見過ごしがちなところなのですが、この注釈により、漢字では同じ「天」と書いてあるけれど、古事記は読みを「あめ」と「あま」とに使い分けていることがわかります。これは、日本語である大和言葉は、「あめ」と「あま」と言葉の使い分けがあるけれど、漢字にはその違いを示す概念も文字もなかったということです。だから「天」という一文字を「あめ」

と「あま」に読み分けています。この一点をもってしても、日本にはもともと文化がなく、あらゆることを漢字文化圏から輸入したという説明は間違いであるとわかります。なぜなら日本語の方が語彙《ごい》が多いということだからです。似たようなことは、日本語の一人称と英語の一人称の違い、あるいは魚の名前などでも見ることができます。

さて、では、「あめ」と「あま」は、どのように違うのでしょうか。

「あめ」といえば、「雨《あめ》」を連想しますが、古語の「あめ」は、もともと手の届かないはるか上空のことを言います。その上空から落ちてくる水が「あめのみず」で、これが詰まって単に「雨《あめ》」と呼ばれるようになりました。要するに雨は、はるか上空の天空から降ってくるから雨なのであって、もともとは「あめ」といえば天空そのものを指した言葉であったわけです。

「あめ」と「あま」の両方に共通する「あ」は、古語では、吾、我、彼などの人称にも用いられています。真上を向いて声を出したら「あ」の音が出ますが、その「あ」を一人称に用いる（吾、我など）ときは、ニュアンスとしてはひとりを特定するのではなく、もうすこし抽象化した、集団の中における個人といった語感になります。「彼」のことを「あ」と発音する場合も同じで、これも特定の彼というよりも、もうすこし一般化した「あの人たち」といった語感になります。同じ「あ」に「案」もありますが、こちらは抽象的で形而上学的《けいじじょう》な思考です。つまり古語で「あ」といえば、カタチの特定されない何かを意味する言葉ということができます。

「ま」は、漢字で書いたら「間《ま》」です。これはすきまや、あいだ、その間にある部屋などを意味する言葉です。

すると「あ・ま」は、「形の特定されない何か」(＝あ)の中の一隅の「間」(＝ま)を意味するとわかります。もっと単純化するなら「あめ」は天空全体を指す言葉、「あま」は、天空の中の特定の場所となります。そして古事記は、「高天原」の「天」は「あま」と発音するようにと注釈しているわけです。

「高《たか》」は、高所ということですぐに意味がわかると思います。

「天《あま》」は、その天空の中にある特定の場所です。

「原」は、「はらから」という言葉がありますけれど、子は「おなか」から生まれます。同じ「おなか」から生まれた人々が、同じ腹《はら》から生まれたから「はらから」です。つまり「はら」は、血縁や血筋を意味します。

ということは「高天原《たかあまのはら》」という言葉の意味は、漢字で書いたら「高い天の原っぱ」ですけれど、大和言葉の意味では「高い天空のどこかにある、私たちの血筋のおおもとの場所」を意味していたとわかります。それは、死んでから行く天国や極楽と異なり、いま生きている人々の遠い祖先のいるところでもあるわけです。

### ▼天之御中主神

古事記の注釈から、「天」を「あま」と読むのは、高の下に「天」があるときだけです。ですから次に出てくる神様のお名前としての天《あめ》之《の》御《み》中《なか》主《ぬし》神《のかみ》のお名前にある「天」は、「あめ」です。ここでは天空全体のことを指します。「御中《みなか》」は、ど真ん中、「主《ぬし》」は、主人のことですから、天之御中主神は、私たちには手の届かないはるか天空の全体の中の、ど真ん中におわす御主人の神様という意味とわかります。

古事記は「天地《あめつち》初めて発《おこ》りし時、高天原に成りませる神の名は天之御中主神」と書いていますが、これは、「手の届かないはるか上空にある天空と人の住む地上が初めて発《はっ》したとき、高い天空のどこかにある、私たちの血筋のおおもとの場所に、最初に成られた神様のお名前は、天空全体のど真ん中の主の神様である」という趣旨《しゅし》とわかるわけです。

その「ど真ん中」というのは「点」です。「点」には大きさもカタチもありません。時間もありません。ですから「点＝０」です。「０」は、何と掛け算しても答えは「０」です。いくつで割っても、答は「０」です。ところが、あらゆる数を「０」で割ると、答えがでません。たとえば「3÷0」は、「0×（　）＝3」の（　）の中を計算することと同じです。答えようがありません。

また「0÷0」は、「0×（　）＝0」と同じで、（　）の中には、どんな数を入れても良いことになります。つまり、「0次元」ということは、無限大と同じ意味ということがわかります。極小であって極大、極大であって極小、あらゆる時空間のおおもとが「0」です。それを司る根源神が、天之御中主神ということになります。

## ▼高御産巣日神、神産巣日神

続く文は、「次に高御産巣日神《たかみむすひのかみ》。次に神産巣日神《かみむすひのかみ》。此《こ》の三柱《みはしら》の神は、並《とも》に独神《ひとりかみ》と成り坐《ま》して、身を隠《かく》しましき」（原文：次高御産巣日神、次神産巣日神。此三柱神者、並独神成坐而、隠身也）です。どちらも「産巣日《むすひ》」という字が使われているお名前です。

「むす」は、「苔がむす」という言葉があるように、何かが生じることを意味します。「ひ」は霊的な力です。この二つを併《あわ》せて「むすひ」となると、「天地・万物を生じさせる霊的な力」という意味とわかります。

「高御《たかみ》」は、「はるかな高み」です。ですから、はるかな高みに生まれた天地・万物を生じさせる霊的な力が、高御産巣日神です。それは高貴な力ですから「高御」と「御」の字が付されています。その高貴で霊的な力が物質や光を生みます。神は光に例えられることがありますが、物質や光や時間などのおおもとにあたられるのが神の産巣日《むすひ》です。

そしてここまでの三神は、「並《とも》に独神《ひとりかみ》と成り坐《ま》して、身を隠《かく》しましき」とあります。要するに性別のない根源的な神様であるということです。

面白い話があります。

私たちの住む宇宙は、一三八億年前のビッグバンに始まったとされているのですが、最近の研究では、そのビッグバンよりも、さらに前の時代があったということがわかっています。これが「超弦理論《ちょうげんりろん》」で、ビッグバンよりも前に、高次元空間に点が生まれ、その点が振動して弦になり、その弦が振動して立体となり、立体が振動することで光となり、光がスパークすることでクォークが生まれ、ここまでが十のマイナス数十秒という短い時間で展開されて大爆発《ビッグバン》を起こし、宇宙となったという理論です。これが最新の現代物理学がたどり着いた、宇宙創生です。

ところがこれまでの説明で、天之御中主神《あめのみなかぬしのかみ》は、最初の高次元空間に生まれたカタチも大きさもない点です。その点が上下左右に振動して弦となると、カタチが生まれます。はるかな高みでカタチが生まれるわけで、そのことは高御産巣日《たかみむすひ》というお名前と一致します。さらにその弦が振動して立体となり、その立体がスパークして光となってクォークになるのですが、神産巣日という言葉があらゆる物質の原点となるクォークの状態を指すとすれば、まさに神産巣日によって、宇宙のおおもとが成立したことになります。

なんと不思議なことに、現代物理学がようやくたどり着いた宇宙創生の秘密が、なんと千三百年前の古事記に書かれているのです。

この天之御中主神、高御産巣日神、神産巣日神の三柱の神様は、産巣日《むすひ》の二神（高御産巣日神、神産巣日神）が陰陽《いんよう》を意味していて、その核として、後に天之御中主神が書き加えられたのだという説もあります。なぜ天之御中主神があとから書き加えられたのかというと、中国の道教思想に「三尊三聖」という思想があり、これを模倣《もほう》して「造化《ぞうか》三神」としたのであろうというのです。つまり高御産巣日神、神産巣日神が中国の道教の陰陽を表わし、中国道教の思想に基づいて、後から天之御中主神を想像で付け加えたというのが、その説の趣旨です。要するに三柱の神様は、中国から輸入した思考によって考え出された神様だというのですが、もし輸入の神様の概念であったとするならば、なぜ「天」の一文字に、「あめ」と「あま」という区別をしたのでしょうか。そのことを考えれば、むしろこの三神は、中国からの輸入の神様などではぜんぜんなくて、その一語一語の意味から、日本の上古《じょうこ》の昔から言い伝えられた神様であると考えた方が、はるかに合理的な説明になると思います。

## ▼宇摩志阿斯訶備比古遅神

次に、「国稚《くにわか》く浮ける脂《あぶら》の如《ごと》くして、久羅下那州多陀用弊流時《くらげなすただよへるとき》、葦牙《あしかび》の如く、萌《も》え騰《あが》る物《もの》に因《よ》りて成りませる神の名は、宇摩志阿斯訶備比古遅神《うましあしかひひこちのかみ》」とあります。

「国稚《くにわか》く浮ける脂《あぶら》の如《ごと》く」は、わかりやすいと思います。まだビッグバンが起こる前、まだカタチも定まっていない状態です。

続けて「くらげなすただよへる」と描写しています。クラゲのように漂《ただよ》っているというのですが、生き物のクラゲなら、中国漢字でも、「海月、水母、海蜇」などがあります。「ただよう」も「漂」の字があります。なぜ漢字があるのに「久羅下那州多陀用弊流」と、大和言葉にこだわったのでしょうか。「漂水母」でもよさそうなものです。おそらく「くらげのように漂っている」ということは、そういう生き物のことを言うのではなく、これはあくまでも比喩《ひゆ》であるという趣旨なのであろうと思います。

「葦牙《あしかび》」という言葉は、これもまた単に植物の葦《あし》のことだとされているのですが、ではなぜそこに「牙」という字を付けたのかが不思議です。そこでこれは本当は葦の「芽」のことで、クサカンムリを書き落としただけなのではないかということになって、これを「あしかび」

と読むようになりました。

ところがこの「葦牙」は、「～の如く」と続いているわけです。つまり何かが「葦牙のようだ」と述べているわけです。すこし考えたらわかるのですが、動物の牙《きば》は、他の歯よりも、より長く大きく生えています。ということは、同じ時期に密生して生えてきた葦の草原の中で、まるで動物の牙のように、他の葦よりも一段と太く大きくて背が高くて、勢いよく生えている葦のことを、「葦牙」と呼んだ可能性があろうかと思います。

もともと葦は成長の早い植物で、河原などに生えたなと思ったら、みるみる成長して、高さが二～六メートルにもなります。それが密生《みっせい》して生えます。そんな密生した中でも、特に背の高い葦は、とりわけ勢いよく成長した葦であるわけで、その成長の早い葦のように「萌《も》え騰《あが》る」ように成られた神様が「宇摩志阿斯訶備比古遅神」というわけです。そしてこの神様の名は「音を以いる」と注釈されていますから、大和言葉で「うましあしかひこち」の意味を探る必要があります。

「うまし」は、立派なです。

「あしかび」は、ここでは「葦牙」ではなく「阿斯訶備」と書かれていますが、神様のお名前の説明ならともかく、お名前そのものを植物の「葦」に例えるのは不謹慎《ふきんしん》です。だからこそあえて音を用いて「阿斯訶備」と書いたのではないでしょうか。意味は、素早い成長をした葦の中でも、一段と成長の早い葦のような、という意味であろうと思われます。

「ひこち」は、古語では夫を意味します。

古事記は「初代から七代までの神様は独《ひと》り神」と書いています。「独《ひと》り神」というのは、性別のない神様ということです。宇摩志阿斯訶備比古遅神は四代目ですから、当然、性別はないわけです。ということは、ここでいう「ひこち」は、単に若い頃にみるみる成長して背の高い大男になるような様子を表わしているということができるのではないかと思います。

以上を要約すれば、宇摩志阿斯訶備比古遅神というお名前は、急速な成長をした、ということを指していることがわかります。古事記ではビッグバンという表現こそしていませんが、先程の話で言えば、クォークがスパークする状態を意味しているとすれば、これはまさにビッグバンのことと読むことができます。

### ▼天之常立神

五番目に成られた神様は、天之常立神《あめのとこたちのかみ》。です。この神様のお名前は、「天」が冒頭にありましたように「あめ」ですから、天空の全体を表わします。「常」は、「とこ」と読み、「立」は「たち」と読みなさいと指示されていますから、「あめのとこたちのかみ」と読むとわかります。

気をつけなければならないのは、この天之常立神のお名前のあとに、「常を訓《よ》みて登許《とこ》と云ふ。立を訓《よ》みて多知《たち》と云ふ。(原文：訓常云登許、訓立云多知)」と注釈があることです。これは、その前にあります「以音」とは異なり、「天」のときと同じように、「意味のある漢字を用いたけれど、読みは次のようにせよ」ということです。このことを整理すると次のようになります。

「以音」＝大和言葉を用いるために、ただ漢字の音だけを用い、使用されている漢字そのものには意味がない。

「訓」＝漢字の持つ意味を採用したが、読みは大和言葉の読みを用い、使用されている漢字に意味がある。

ここでは「訓」ですから、つまり天之常立神というお名前にある「常立」は、読みは「とこたち」だけれど、使っている漢字に意味があるということです。

「常」という漢字は、「尚」と「巾」が組み合わさった字です。「尚」は「向」と「八」が組み合わさった字で、「向」は、窓に置かれた神へ捧げる祝詞《のりと》を入れた容器、「八」は神の気配《けはい》です。「巾」は「布」を意味します。つまり長くて貴重な布の上に置かれた神棚《かみだな》に神様に降《こう》臨《りん》いただくことが「常」です。

すると「常立」は、降臨された神がそこに常駐《じょうちゅう》して立つことになります。それが「天之《あめの》」ですから、天空全体に神が立つ、詰めて言えば、いよいよ天空に創成の神が立たれたということを意味するお名前ということになります。

その前の宇摩志阿斯訶備比古遅神《うましあしかびひこちのかみ》が、時空間が生成されたことを意味するとするなら、続く天之常立神は、その時空間にいよいよ神が降臨された、つまり宇宙が創成されたことを意味するということになります。

## ▼独神、隠身

ここまでの二神（宇摩志阿斯訶備比古遅神《うましあしかびひこちのかみ》、天之常立神《あめのとこたちのかみ》）は、ともに独神《ひとりかみ》として、つまり性別のない神様として「成り坐して、身を隠《かく》しましき」と書かれています。

注意すべきは、独神です。この二神も、中国からの陰陽の神様を輸入したのではないかという説がありますが、古事記は、ここまでの神々はあくまで独神と書いているわけです。

話がすこし文書の先取りになりますが、続く六代目と七代目の二神もまた、本文に独神と書かれています。創成三神が独神、続く二代が独神、さらに続く二代も独神と、独神という語を三度も繰り返して書いているわけです。三度繰り返して書いているということは、これをものすごく強調しているということです。このことは、ゆめゆめ中国の陰陽二神と同一視されるな、ということなのではないでしょうか。言い換えれば、これらの神々は、決してどこかの国や民族の神話や伝承を模倣したものではなく、どこまでも日本に古くから伝わる神々なのだということを、古事記は強調して伝えているということなのであろうと思います。

そして「上《かみ》の件《くだり》の五柱《いつはしら》の神は、別天神《ことあめつかみ》」と書いています。別天神の「天」は、「あめ」と読むのか「あま」と読むのか指定はありません。一般には「別天神《ことあめのかみ》」と読みますが、その場合は「別な天の神」となりますし、「天神《あめつかみ》」なら、天空全体の神様です。

では「別天神」とは、どういう意味なのか、ここまでに紹介された神々のお名前が現す意味を並べてみます。

一　天之御中主神《あめのみなかぬしのかみ》　すべての創成となる点
二　高御産巣日神《たかみむすひのかみ》　点の振動（最初の弦）
三　神産巣日神《かみむすひのかみ》　時空間の創成
四　宇摩志阿斯訶備比古遅神《うましあしかびひこちのかみ》　時空間の成長
五　天之常立神《あめのとこたちのかみ》　宇宙創成

もしかすると、この五柱の神様のお名前が意味していることは、宇宙そのものの創成の順番そのものであるのかもしれません。だからこそ、これらの神々は、「並《とも》に独神《ひとりかみ》と成り坐して、身を隠《かく》しましき」と書かれていると読むことができます。すると「別天神」は、「ことあまつかみ」ではなく、本来ならば「ことあめのかみ」と読むのが正しいのではないかと思います。これは漢字で書いたら「異なる天の神」です。ということは、私たちの住む世界よりも、はるかに高次元の、五次元とか六次元といった別な世界を意味していることになります。古事記の書かれた古代において、現代物理学の「次元」という概念を、私たちの祖先はすでに持っていたことになります。そうすると古事記は、現代物理学でもまだ試論の段階にある宇宙や時空間の秘密を、きわめて短い言葉で神の名として解いているということになります。古事記はおそろしい本だと思います。

## ▼国之常立神、豊雲野神

六代目にご出現された神様は国之常立神《くにのとこたちのかみ》です。注釈があり、「常立」はその前の天之常立神と同様「とこたち」と読むようにと指示されています。つまり今度は「国に降臨された神」という意味になります。

「国」というのは、「天《あめ》」に対応する言葉です。これまでの「天」が時空間から生まれた宇宙の時空間全体を意味するなら、それに対応する「国」は、宇宙にある物質世界を意味しそうです。

続く七代目は豊雲野神《とよくものかみ》です。古事記の原文では、豊雲と野神の間に「上」という注記があります。これは、豊雲の「雲」の字を「上声《じょうせい》で発音するように」という注だとされています。漢語の声調に由来するもので、読み方には「平声《へいせい》、上声、去声《きょせい》、入声《にゅうせい》」という四種類があり、上声は尻上がり、去声は尻下がりのアクセントを指定しているとされています。要するに「雲」を強く発音しなさいということです。漢字については「以音」との注記がありませんから、この神様のお名前は、漢字の意味を追えば、だいたいの意味がわかることになります。

「豊」という字は、たかつきの上にたわわに稔《みの》った作物を載せた姿を意味する漢字です。

「雲」は、文字通り雲ですが、その雲が天空にたくさんあるというわけです。

「野」は、「田＋土＋予」で、田んぼの土がだんだん広がる様子から、一定の領域を意味します。

つまり、「豊雲野」は、豊かさを内包した雲が、一面に広がっている様子ということになるのですが、これを宇宙空間に数限りなく存在する銀河（星雲）と考えると、なんだか合点《がってん》がいくような気がします。

まとめると次のようになります。

六　国之常立神　宇宙にある物質世界の神＝宇宙全体の神

七　豊雲野神　　星雲の神

そしてこの二柱の神様も、性別のない独神としてご出現されたと書かれています。

## ▼五組の男女神

八代　　宇比地迩神《うひちにのかみ》

九代（妹）須比智迩神《すひちにのかみ》

十代　　角杙神《つのくひのかみ》

十一代（妹）活杙神《いくくひのかみ》

十二代　意富斗能地神《おほとのちのかみ》

十三代（妹）大斗乃弁神《おほとのへのかみ》

十四代　於母陀琉神《おもたるのかみ》

十五代（妹）阿夜訶志古泥神《あやかしこねのかみ》

十六代　伊耶那岐神《いさなきのかみ》

十七代（妹）伊耶那美神《いさなみのかみ》

六代の国之常立神《くにのとこたちのかみ》から十七代の伊耶那美神までを併せて神世七代といいます。十二柱の神々なのになぜ七代と数えるのかというと、六代・国之常立神、七代・豊雲野神《とよくものかみ》のあとに続く十柱の神々は、それぞれ二神を合わせて一代《ひとよ》と数えるからです。

## ▼宇比地迩神、須比智迩神

最初に登場するのが、宇比地迩神《うひちにのかみ》で、その妹《いも》が須比智迩神《すひちにのかみ》です。この二柱の神様のお名前は「以音」、つまり「音《こえ》を以《もち》いる」と注釈されていますから、漢字には意味がなくて、大和言葉の「うひちにの神」、「すひちにの神」で、お名前の意味を探らなければなりません。

宇比地迩神、須比智迩神には、宇比地迩《うひちにの》（上）神《かみ》で、その妹《いも》が須比智迩（去）神と、お名前のなかに「上」、「去」という注釈があります。

これは四声《しせい》といって、音楽のフォルテシモとかアクセントのようなもので、四種類あります。

●四声《しせい》
平声《へいせい》　アクセントを置かずに読む
上声《じょうせい》　引き伸ばすように強く発音する
去声《きょせい》　最初を強く後を弱く発音する

入声《にゅうせい》　短く発音する

「うひちに（上）の神」とあるということは、感覚的には「うひちにぃ～の神」と「にぃ」のところを引き伸ばすようにして強く発音するということになります。

「すひちに（去）の神」は「去」ですから、「ち」にアクセントを置き、「に」を小さく読みなさいと注釈しているわけです。

多くの解説書では、うひちにの神は、「ひち」が「泥」のことで、「に」が土だから、これは泥土を神格化した神様に違いないとしています。また、すひちにの神は、宇比地迩神の配偶者で、同じく泥土を神格化した神様であろうと解説しています。

なるほど、この二柱の神様のお名前は、

うひちに

すひちに

と「ひちに」は共通しています。しかしそうであるならば、頭にある「う」と「す」の違いは何を意味しているのでしょうか。また、読みについて、なぜ「うひちに」は「に」にアクセント、「すひちに」は「ち」にアクセントを置きなさいと指示しているのでしょうか。

「う」は、「うみ（＝海）」にあるように、広大なものを示す言葉です。ということは、「うひちに」には「広大な泥土の地」であり、特にその「土」を強調しているのかもしれません。

「す」は「洲」で、それが「妹」ですから、「うひちに」の中にある「泥土の洲」を表わしているように見えます。

ちなみに古語で妻のことを妹と表現しますが、妹は同じ腹から生まれた血の繋《つな》がった兄弟姉妹です。妻は、血の繋がりはありませんが、婚姻《こんいん》によって身内となります。ですから妹です。妹が身内を意味しているなら、「すひちに」は、「うひちに」とともにあり、「うひちに」の中にあるものということになります。

私はもしかすると、これは木星のことなのではないかと思っています。木星は、泥土のような筋があり、その中に、巨大な洲を持つ星だからです。

## ▼角杙神、活杙神

続く十代は角杙神《つのくひのかみ》、十一代は妹の活杙神《いくくひのかみ》です。この二神には「以音」との注釈がありませんから、漢字の文字の解釈で神様のお名前が示す意味を知ることができます。

一般には、「角」は「芽生える」の意味、「杭」は株で根本を意味しますから、根元の生成を神格化した神様であろうとされています。

けれど、宇比地迩神《うひちにのかみ》、須比智迩神《すひちにのかみ》が木星を意味している男女神ということであれば、角杙、活杙は、星に角《つの》が生えているように見える土星のことです。土星は、倍率の低い望遠鏡ですと惑星に角が生えているように見えますし、その角によって夜空に輝きが増しているようにも見えます。

### ▼意富斗能地神、大斗乃弁神

十二代の意富斗能地神《おほとのちのかみ》と、その妹の大斗乃弁神《おほとのへのかみ》は、一般には「おほ」が美称、「と」が陰部、「ち」が男性を意味するとされます。大斗乃弁神は、「へ」が女性を意味するとされます。

原文を見ると、この二柱の神様は「以音」とあります。したがって、漢字に意味はなく「おほとのち」、「おほとのへ」の解釈となります。ただ、「意富《おほ》」は、古事記の別なところで、やはり「意富」という漢字で出てきます。そしてそちらは「以音」ではなかったりします。さらにこの二神は、おなじ「おほ」を、わざわざ「意富」と「大」とに使いわけています。もしかするとそこに何か意味があるのかもしれません。

「意富」というのは、近年では「雄々」と書きますが、もともとは「豊かに富んだ意思」ということですから、強くて立派な気持ちを表わします。「と」は、「扉」の意味、「ち」は「地」であり「血」でもあります。血なら赤色ですから、「立派な赤い扉」を意味していると読むことができます。

「おほとのへ」の「へ」は、古語で「ほとり」とか海辺を意味します。

さて、実は不思議なことがあるのです。ＮＡＳＡの研究者が、ハワイにあるケック望遠鏡などで火星の大気に含まれる重水（重水素で構成される水）の割合を調べたところ、「火星の極域付近の水が重水の割合が高く、現存するのはもとあった水の量の十三％程度であり、その量と現在の地形から推測すると、四十三億年前の火星には、北半球の広大な平地を中心に地表の二割ほどを覆う、最大で一・六キロの深さの海があった」と、平成二十七（二〇一五）年に発表したのです。

火星は夜空にひときわ赤く煌《かがや》く星です。それはまるで天空の扉のようでもあります。そしてかつて海辺があった星でもあるわけです。ということは、もしかすると意富斗能地神、大斗乃弁神は、火星に降り立った男女二柱の神様だったのかもしれません。

### ▼於母陀琉神、阿夜訶志古泥神

この二神の名は、まず於母陀琉神《おもたるのかみ》の「おも」が顔、「ダル」が充足なので、容貌が美しく整った神様、阿夜訶志古泥神《あやかしこねのかみ》の「あや」は感動詞、「かしこ」は尊敬、「ね」は姉で女性を意味し、畏敬《いけい》の念を神格化した神様ということが通説です。

しかし、これまで見てきた四組の男女神が、それぞれ木星、土星、火星を意味するなら、ヴィーナスのように美しい女性神と称せられる惑星といえば金星です。

しかも「おもたる」を「重たい」、「あやかしこね」を「怪しく光り、嶺《みね》くらいまでしか上がらない」という意味に読めば、これまた明けの明星、宵の明星として明るく光り輝きながら、地上から高く上がらずに沈んでしまう星ということで、金星を意味していそうです。というよりも、ここまできたら、五組の男女神は、それぞれ太陽系の惑星を表わしているとみて良いものと思います。

### ▼伊耶那岐神、伊耶那美神

この二神の名も「以音」と書かれています。「いさなき・いさなみ」という大和言葉を単に漢字にあてはめただけということです。

一般に「いざ」は誘《いざな》う、「な」は助詞、「き」は男、「み」は女とされています。つまり、いざなう男、いざなう女という意味であるとされています。

この二神は、次の物語の展開で、いよいよ地上に降り立ちますが、要するに地上における生命そのものを意味する神様の神名ということができます。

## ▼十七条憲法との関係

さて、聖徳太子《しょうとくたいし》の十七条憲法は、なぜ十七条なのでしょうか。実は、この十七という数字に意味があるのです。なぜならそれは、天之御中主神《あめのみなかぬしのかみ》から伊耶那美神《いさなみのかみ》までの創成の神々が全部で十七柱だからです。これは千葉の常若神社の渡邊宮司から教えていただいた話なのですが、聖徳太子の十七条憲法の各条文は、それぞれ創成の神々の神名と関連付けて書かれているからこそ、十七条なのです。

まず最初に登場するのが天之御中主神です。この神名は、天空の中心点を意味します。十七条憲法では、国の中心に置くべきものとして、「以和為貴」、つまり「和を持って貴しとなせ」としています。

二代目は高御産巣日神《たかみむすひのかみ》です。この神名は、結ばれた紐《ひも》を意味します。十七条憲法では、「篤敬三寶、篤《あつ》く三宝《さんぼう》（仏法僧）を敬え」としています。

三代目が神産巣日神《かみむすひのかみ》です。この神名は、紐の振動を意味します。十七条憲法では、「承詔必謹、みことのりを受けては必ずつつしめ」です。実際の政治で様々なブレや議論があっても、詔が出たら必ずつつしんで、それに従うことです。

四代目は宇摩志阿斯訶備比古遅神《うましあしかひひこちのかみ》です。この神名は、葦のような早い成長を意味します。十七条憲法では、「以禮為本、うやまうことを本とせよ」とあります。人の成長は様々ですが、常に互いを敬うことです。

五代目は、天之常立神《あめのとこたちのかみ》です。この神名は、宇宙の成立を意味します。十七条憲法では、「絶饕棄欲、むさぼりを絶ち欲を棄てよ」とあります。どんなに強欲をかいても、宇宙から見たら、それはちっぽけなものです。

六代目は、国之常立神《くにのとこたちのかみ》です。この神名は、生命の誕生を意味します。十七条憲法では、「懲悪勧善、悪をこらしめ善を勧めよ」とあります。生命が、善なる道に進化すべきなのか、悪の道に進化すべきなのか、答えは明らかです。

七代目は、豊雲野神《とよくものかみ》です。この神名は、銀河の誕生を意味します。十七条憲法では、「人各有任、人各々任あり」です。銀河毎《ごと》におそらくは様々な生命体の進化があることでしょう。それぞれが尊重されるべき存在です。

八代目以降が男女神になります。八代は、宇比地迩神《うひちにのかみ》です。この神名は、泥《う》を意味します。十七条憲法では、「早朝晏退、朝早く出仕し遅くに退せよ」とあります。一般庶民は、朝早くから夜遅くまで、膝《ひざ》まで泥田に浸《つ》かって米を作ってくれています。これを管理監督する立場の臣は、それ以上に「おほみたから」のために働かなくてはなりません。

九代目は、須比智迩神《すひちにのかみ》です。この神名は、砂州を意味します。十七条憲法では、「信是義本、まことはことわりのもとなり」とあります。何事も砂上の楼閣《ろうかく》であってはならないのです。

十代目は、角杙神《つのくひのかみ》、この神名は、星にうがたれた杭を意味します。

十七条憲法では、「絶忿棄瞋、心の怒りを絶ち表の怒りを棄《す》てよ」とあります。憤慨《ふんがい》や無《む》知蒙昧《ちもうまい》から発することは、ろくな結果になりません。そのことを杭のようにして肝に銘《めい》じよということです。

十一代目は、活杙神《いくくひのかみ》です。この神名は、杭を活《い》かすことを意味します。十七条憲法では、「明察功過、功過《こうか》を明らかに察せよ」とあります。怒りを捨て、慈愛《じあい》の心を持って民に接するとき、必要なことは、民の心を察する心です。

十二代目は、意富斗能地神《おほとのちのかみ》です。この神名は、雄大で大きな戸を意味します。十七条憲法では、「国非二君、国に二君なし」とあります。国家が神々に通じる窓口は、天皇ただおひとりです。これを履《は》き違えると、国が乱れることは歴史が証明しています。

十三代目は、大斗乃弁神《おほとのへのかみ》です。この神名は、海辺を意味します。

十七条憲法では、「同知職掌、もろもろの官に任ずる者は同じく職掌《しょくしょう》を知れ」です。海辺は海と陸の境界線ですが、同様に何事にも職掌の境界があるのです。

十四代目は、於母陀琉神《おもたるのかみ》です。この神名は重たい、中空に上がらないことを意味します。十七条憲法では、「無有嫉妬、嫉妬あるなかれ」です。何事によらず嫉妬《しっと》は、上昇を停《と》めるものです。

十五代目は、阿夜訶志古泥神《あやかしこねのかみ》です。この神名は、嶺の上にある明るい金星を意味します。十七条憲法では、「背私向公、私に背き公に向え」とあります。正々堂々と、そして無私の心で生きるということは、常に光に向かって生きることです。

そうすることで人は明けの明星となることができます。

十六代目は、伊耶那岐神《いさなきのかみ》です。この神名は、地上における男性性の源と進化を意味します。十七条憲法では、「古之良典、古の良典を用いよ」とあります。進化するには、故《ふる》きを温《たず》ねて新しきを知るということです。

十七代目は、伊耶那美神《いさなみのかみ》です。この神名は、地上における女性性の源と進化を意味します。十七条憲法では、「不可独断、独断不可」とあります。伊耶那美神は、その感情の豊かさから、ときに「神のまにまに」よりも自分の心を優先してしまうということが古事記神話に描かれています。何事も独断、独善によらず、「逮論大事　若疑有失」大事なことを論ずるときは、常にどこかにあやまちがあることを疑いなさいと十七条憲法は説いています。

以上が十七柱の神々と、十七条憲法の対比です。神々の神名の持つ意味については、前の項で述べた私の読み方を優先して書きましたが、十七柱の神々の御神名の持つ意味と十七条憲法の意図《いと》がリンクしているものが、日本の古代における御神名の解釈であったということになろうかと思います。

# 第三章　伊耶那岐命、伊耶那美命

## 第一節　諸命以

【原文】

於是天神諸命以、詔伊耶那岐命・伊耶那美命二柱神「修理固成是多陀用幣流之国。」賜天沼矛而言依賜也。故、二柱神、立訓立云多多志天浮橋而指下其沼矛以画者、塩許々袁々呂々迩此七字以音画鳴訓鳴云那志而引上時、自其矛末垂落之塩累積、成島。是、淤能碁呂島。自淤以下四字以音。

【読み下し文】

於是《ここ》に天《あま》つ神《かみ》諸《もろもろ》の命《みこと》以《も》ちて、伊耶那岐命《いさなきのみこと》、伊耶那美命《いさなみのみこと》、二柱《ふたはしら》の神に詔《の》らさく、

「是の多陀用弊流国《ただよへるくに》を修理固成《つくりかためなせ》。」

天《あめ》の沼矛《ぬぼこ》を賜《たま》ひて、言依《ことよ》さし賜ひき。

故《かれ》、二柱《ふたはしら》の神、天の浮橋に立たし（立を訓《よ》みて多多志《たたし》と云ふ）て、其の沼矛を指し下ろして画《か》かせば、塩許々袁々呂々《しほこをろこをろ》（この七字は音《こゑ》を以《も》ちいる）迩《に》画き鳴《な》し（鳴を訓《よ》みて那志《なし》と云ふ）て引

き上げます時、其の矛《ほこ》の末《さき》より垂落《したたりお》つる塩の累積《つもり》て、島《しま》と成りき。是《こ》れ、淤能碁呂《おのころ》島なり。
淤自《よ》り以下《しも》の四字は音《こゑ》を以《もち》ゐる。

**【現代語訳】**

**諸々の天の神々は、伊耶那岐命《いさなきのみこと》、伊耶那美命《いさなみのみこと》の二柱の神に「この漂っている国を修理《つくり》固《かため》成《なせ》」と命ぜられて、「天《あめ》の沼矛《ぬぼこ》」をお授けになりました。二柱の神が天《あめ》の浮橋《うきはし》に立って天の沼矛を差し下ろし、塩をコオロコオロと画《か》きなして引き上げると、矛の先端からしたたり落ちた塩が積もって島となりました。これが淤能碁呂島《おのころじま》です。**

**【解説】**

**▼天神諸命以**

この節の最初に出て来る言葉が、「天神諸命以」です。ここで大切なことは、伊耶那岐《いさなき》、伊耶那美《いさなみ》の二神が、すべてを創成の神々の命《みこと》のもとに行っているという点です。伊耶那岐、伊耶那美の二神は、地上における雌雄を司る根源神であると考えられますが、その伊耶那岐、伊耶那美でさえ、それ以前の「創成の神々」の命のままに行動されているということです。これを別な言い方をしますと、「神随」といいます。これで「神のまにまに」と読みます。何事も神々の御心のままに、神々の神意に忠実に、といった意味です。

いまの時代は、明治以降に西洋から輸入された個人の自由や身勝手を優先することの方が大事なことのように言われています。しかしどんなに自由だ、個人主義だといったところで、人は、社会の中で、いろいろな人に助けられ、また、自然からの恵みをたくさんいただくことで、ようやく生きているわけです。早い話、太陽も海も土地も木も森も水も、食べるお米や野菜や果物も、着ている衣類も、どれひとつをとってみても、私たちは神々から与えられた恵みを活用させていただくことで、ようやく生きているのです。

それが、「あらゆるものに神様が宿る」と考える日本古来の思想です。唯一絶対神ただ一柱にのみ従うのであれば、神に従わないものは敵であり、排除の対象となります。森羅万《しんらばん》象《しょう》すべてに神が宿ると考えるのなら、すべてを慈《いつく》しみ大切にしようという姿勢が生まれます。

ここでいう「諸々の天神」も、唯一絶対神ではなく、天之御中主神《あめのみなかぬしのかみ》から始まる、伊耶那岐、伊耶那美よりも以前のすべての神々です。それらすべての神々の命のままに、ひとつひとつの行動を重ねていくわけです。

古事記がここで「天神諸命」と、そこに「命」という字をあてたことにも意味があると思います。これは、天神の命《みこと》を、自らの命《いのち》にきざむということだからです。

そして創成の神々から、次の言葉をいただきます。

「是の多《た》陀《だ》用《よ》弊《へ》流《る》国《くに》を修理《つくり》固成《かためなせ》。」

### ▼多陀用幣流之国

ここでは原文の「多陀用幣流之国」を現代語訳では「漂《ただよ》える国」としました。では「多陀用幣流」とは、どのような様子を言うのでしょうか。ここでは「以音《こえをもちいる》」とは書いてありませんから、漢字そのものに意味があることになります。

「多」は、数が多いことです。

「陀」は、何かの境目です。仏と人の境にあれば「仏陀」です。

「用」は、はたらきです。

「幣」は、神に捧げるものの総称です。

「流」は、流動的なものです。

ということは「多陀用幣流」は、たくさんの神々との境目も、神々のはたらきをいただく場所等も、あるいは神々に捧《ささ》げるべき場所や物なども、まだ混沌《こんとん》として定まっていない状態を意味しているとわかります。

古事記はこのように、後世の私たちがたとえ大和言葉の意味を失ったとしても、漢字の字源をたどることで、その意味を知ることができるように工夫されて書かれています。

## ▼修理固成

修理固成は古事記を代表する有名な言葉のひとつです。読みは、読み下し文、現代誤訳とも、「つくりかためなせ」と読ませていただきました。先生によっては、他に「をさめかためなせ」とか、「をさめことはりかためなせ」と読ませる方もおいでになります。どう読むかは、解釈の仕方に依《よ》ります。

ちなみに古事記序文には、

一、漢字の持つ意味と上古の言葉の意味が一致する場合は漢字で記述。

二、漢字の持つ意味と上古の言葉の意味が一致しない場合は漢字を音として用いて記述し、この場合は注釈を付した。

とありました。修理固成には注釈がありませんから、上古の大和言葉の意味と漢語の「修理」が一致しているとわかります。

現代日本人は修理と書いて「しゅうり」と読み、壊《こわ》れたものを直す意味に用います。しかし「多陀用幣流《ただよへる》」は壊れているわけではなく、まだ定まっていないだけです。これからその「漂っている」ところを成形しようとしているところです。ではなぜ古事記はこれを「修理」と書いたのでしょうか。

「修」という字は、飾りを示す「彡《さん》」と「攸《ゆう》」から成り立ちます。「彡《さん》」は神々の創造物である「天地人」です。

「攸」はそれが動詞形となっていることを表します。

「理」は、「玉＋田＋土」で成り立っています。田は、土を耕《たがや》して利用するものです。ここでは「玉を耕す」ですから、そこから「玉を磨いて整える」となり、「磨き整える」という意味に用いられる漢字となりました。ということは、もともとの「修理」の意味は、壊れた物を直すことではなくて、神々が創造したものを、神々の御意思である道理に沿って磨くという意味とわかります。

何もないところからモノを創り出せるのは神々だけであり、私たちはその「神々が生み出したもの」を加工、工夫、活用して使用させていただいているのだと考えられていたわけです。つまり「モノをつくる」ということは、まったく新たに何かを創造することではなく、神々が創造されたものを変形したり改良したりして、生活のために使わせていただいているのだから、「創造」ではなく「修理」だというのです。

そういう意味からしますと、「修理」は、やはり「つくり」と読むことが正しいのではないかと思います。なぜなら「をさめる」にも、まだこの段階では、「多陀用幣流《ただよへる》」状態だからです。

そしてこれを、「固成《かためなせ》」と古事記は書いています。「混沌として定まっていないものをしっかり固めなさい」というわけです。

この精神は、そのまま日本人の根源的アイデンティティそのものということができます。土もともと国土も国民も道具類も、そのすべては神々のものと日本人は考えてきたのです。土地も道具も作物も、すべてはもともと神々のものです。ですから大切に使わせていただき、最後に処分するときには、神にお返しする意味で奉納したり、両手を合わせて処分したりしてきたのです。ですから、日本では領主であっても、領土領民は自分の私有財産ではありません。領土領民は、どこまでも「神々からの預かり物」です。そして神々に直接繋がる存在が、神々の血筋をひく天皇です。ですから領土も領民も天皇からの預かり物です。これを古い言葉で「知《シラス》」といいます。自分のものなら捨てたり壊したりもできますが、すべては神々のものであり、天子様（昔は天皇のことを天子様と呼びました）からお預かりしているものです。ということは領主の役割は、その領土領民が、宝石の原石が磨けば輝くように輝かせていく、つまり「皆が発展し豊かに暮らしていくことができるようにする」ことが役割です。このあたりが、王の私有財産を前提とする諸外国の思想と日本の大きな違いです。

伊耶那岐《いさなき》、伊耶那美《いさなみ》は、諸々の神々の御命令のもとに、「修理《つくり》固成《かためなせ》」と命ぜられています。つまり伊耶那岐、伊耶那美の行動は、すべて神々の御意思に基づくものです。ということは、そこに私心があってはならないということです。そこを履き違えて私心が加わると、そこに「乱れ」が生じます。そのことが次節の水蛭子誕生で明らかにされます。

## ▼天の沼矛

伊耶那岐《いさなき》、伊耶那美《いさなみ》の二神は、創成の神々から「天《あめ》の沼矛《ぬぼこ》」を授ります。「矛《ほこ》」というのは槍のことです。その槍に「天の」という字が付いています。伊耶那岐、伊耶那美が勝手に作った矛ではなく、創成の神々からいただいた矛だということです。ところが天からいただいたのに「沼」という字が使われています。「沼」には「以音《こえをもちいる》」という注釈はありませんから、大和言葉の「ぬ」と「沼」という漢字の意味に、意味の一致があったから、この字が使われたことになります。

古語の「ぬ」には「ぬばたま」の意味があります。「ぬばたま」というのは、「檜扇《ひおうぎ》」という名の植物のタネのことです。檜扇は、葉がまるで扇を広げたように生えることからその名があるのですが、そのタネは、漆《うるし》を塗ったような真っ黒い粒です。このタネのことを「ぬばまた」と言います。そこから古語で「ぬば」といえば「漆黒《しっこく》」をいいます。

つまり「沼」は、泥沼のことをいうのではなく、漆黒の闇もしくは漆黒の空間を指しているとわかります。その古語に、漢字の「沼」をあてているわけです。その「沼」をしっかりと修理《つくり》固成《かためな》すための道具としての「矛」を、天の神々から与えられているわけです。その意味からすると、「天の沼矛」は、本当は「あめのぬばほこ」と読むのが正しいのかもしれません。

## ▼天の浮橋

古事記は、伊耶那岐《いさなき》、伊耶那美《いさなみ》は、この「沼矛」を神々から授かって、「天の浮橋に並び立った」と続きます。

「天の浮橋」がどこにあるのか、これには古来様々な議論があります。天上界から地上界へと通じる道のことであるとか、中には子宮からの産道を意味するという説もあります。

けれど「浮橋」ということは、宙に浮いているということですから、橋の両岸は少なくとも地上に接続しているわけではなさそうです。そして、そうであるとするなら、天上界と地上界を繋ぐ橋とか、産道とかの議論は、的を射ていないことになります。なぜなら「浮かんでいる」からです。

「天の浮橋」とは、夜空に浮かぶ天の川のことだという説があります。いまでもすこし田舎の方に行きますと、晴れた夜にはまるで手が届きそうな、こぼれ落ちそうな星が満天を覆《おお》います。そこでは天の川の光の帯が、くっきりと夜空に浮かびます。その光の帯を、「星空に流れる川」と見立てれば「天の川」です。しかしこれは、見ようによっては夜空に架《か》かる大きな浮き橋にも見えます。

さて、その天の川は、実際には地上から、そのように見えているだけで、実は、銀河系宇宙のことです。そうすると伊耶那岐、伊耶那美の二神は、銀河に並び立って、混沌としていて「ぬばたま」のような漆黒の空間に、天の沼矛を差し入れてかき回したということになります。

銀河系は、直系十万光年、厚さ一千光年の巨大な円盤上の星雲です。そこに二神が「並び立った」というのですから、どれだけ大きい神様かということになります。けれど、本来神様には、形も大きさもありません。神様は時空間を超越《ちょうえつ》した存在です。だから神様です。そして銀河の中には、太陽のような恒星《こうせい》が、約四千億個もあるのだそうですが、その恒星同士は、密接しているわけではなく、個々の恒星の間には、漆黒の闇の空間が広がっています。まさに「ぬば」の空間です。

## ▼淤能碁呂島

伊耶那岐《いさなき》、伊耶那美《いさなみ》の二神は天の浮橋に並び立ち、そこから天の沼矛を下にある混沌に差し下ろして塩をコオロコオロと画《か》きなして引き上げます。すると、その矛の先端からしたたり落ちた「塩」が積もって淤能碁呂島《おのころじま》になったと古事記は書いています。

その「コオロコオロ」ですが、原文は「許々袁々呂々」となっていて、続けて「此七字以音」と注釈されています。そのまま読めば「ココヲヲロロ」です。非常に不思議な言い回しですし、よく言われる「コオロコオロ」でもありません。そしてここは「以音」ですから、本来はここでは漢字には意味がないということになります。けれどいくら大和言葉だと言っても、「ココヲヲロロ」では何のことなのかさっぱりわかりません。そこで使われている漢字を見てみます。

「許」はもともと神の許しを意味する字で、そこから派生《はせい》して前に進むことを意味します。

「袁《ヲ》」は、「まるくてゆったりした」です。「呂」は、背骨の象形で、そこから「長い」という意味を持ちます。つまり「長くまるく、ゆったりと進む」という意味になります。そこから矛の先端を丸くゆったりと円の軌道を描くように回したという描写が「許々袁々呂々」の意味するものとわかります。

矛を引き上げると、その先端から「塩が滴《したた》り落ちた」と書かれています。「塩」は上古の言葉で「海」のことです。すると下にある混沌に矛を差し込んで引き上げたときに、先端から滴り落ちたものは「海」であったということがわかります。その「海」が「積もって島になった」というのです。けれど海水は液体ですから島にはなりません。もし伊耶那岐、伊耶那美の二神が天の川に立ってそれをしたのなら、そこは宇宙空間ですから無重力です。無重力の空間に液体が滴り落ちれば球体になります。つまり「淤能碁呂島」は、球体であり、円形の軌道を描いている「島」ということになります。

さらに「淤能碁呂」は「淤の字以下の四字は音を以いる」と注釈されています。これは「おのころ」です。「おの」は「おのずと（自ずと）」で、「ころ」は「凝《コ》る」と解釈するのが一般です。自《みずか》ら凝り固まったという意味です。しかし「おのころ」は、「おのずと転《ころ》がる」とも読むことができます。球体がおのずと転がっているのなら、それは自転しているということです。塩の海を持つ球体であり、円形の軌道を描きながら、自らも自転しているとなれば、これはどうみても地球です。
淤能碁呂島が地球のことであるとするならば、これはとても興味深いことです。コペルニクスが地動説を唱《とな》えたのが十六世紀、ガリレオが地動説を唱えて宗教裁判にかけられたのが十七世紀です。古事記が書かれたのは八世紀です。つまり古事記は、コペルニクスより八百年、ガリレオより九百年も昔に、地球が太陽の周りを公転し、地球自体も自転していることを書き記していたことになります。世界には様々な宇宙観を持つ神話がありますが、近代科学がようやくたどり着いた客観的真実を、千年以上も前に先取りした神話というのは、おそらく世界広しといえども、日本の神話だけです。

## 第二節　成り成りて

【原文】

於其島天降坐而、見立天之御柱、見立八尋殿。於是、問其妹伊耶那美命曰「汝身者、如何成。」答曰「吾身者、成成不成合処一処在。」尓伊耶那岐命詔「我身者、成成而成余処一処在。故、以此吾身成余処、刺塞汝身不成合処而、以為生成国土。生奈何。」訓生、云宇牟。下効此。伊耶那美命答曰「然善。」尓伊耶那岐命詔「然者、吾与汝行廻逢是天之御柱而、為美斗能麻具波比此七字以音。」

## 【読み下し文】

其《そ》の島《しま》に天降《あまくだ》り坐《ま》して、天之御柱《あめのみはしら》を見立て、八尋殿《やひろのとの》に見立てましき。於是《ここ》に、其の妹《いも》伊耶《いさ》那美命《なみのみこと》を問《とひて》曰《の》らさく、

「汝《な》が身は、如何《いか》に成れる。」

答えて白《まを》さく、

「吾《あ》が身は、成り成りて成り合はざる処一処《ところひとところ》あり。」

尓《しか》して伊耶那岐命《いさなきのみこと》詔《の》らさく、

「我が身は、成り成りて成り余れる処一処《ところひとところ》あり。故《かれ》、此《こ》の吾が身の成り余れる処《ところ》を以《も》ちて、汝《な》が身の成り合はぬ処《ところ》に刺し塞《ふさ》ぎて、国土《くに》を生み成《な》さむと以為《おも》ふ。生《う》むこと奈何《いか》に。」（生を訓《よ》みて宇牟《うむ》と云ふ。下《しも》はこれに効《なら》ふ）。伊耶那美命答えて白《まを》さく、

「然善《しかよ》けむ。」

尓《しか》して伊耶那岐命詔《の》らさく、

「然《しか》らば吾《われ》と汝《なれ》と是《こ》の天之御柱《あめのみはしら》を行《ゆ》き廻《めぐ》り逢《あ》ひて、美斗能麻具波比《みとのまぐはひ》為《せ》む。」（この七字は音《こゑ》を以《もち》いる）

【現代語訳】

伊耶那岐命《いざなきのみこと》、伊耶那美命《いざなみのみこと》は、淤能碁呂島に天から降られますと、まず天之御柱《あめのみはしら》を見立て、八尋殿《やひろのとの》を見立てました。そして妹《いも》の伊耶那美命に問いて言うには、

「汝《いまし》の身はどのように成っているのですか。」

「吾《あ》の身は、成り成りて成り合はざるところがひとところあります。」

そこで伊耶那岐命が、

「我が身は、成り成りて成り余れるところがひとところあります。ついては、この吾《あ》が身の成り余れるところをもって、汝《いまし》の身の成り合はぬところに刺しふさいで、国土を生み成《な》そうとおもいます。生《う》むことは、いかがですか。」

伊耶那美命が、

「然《しか》り。善《よ》いでしょう」と答えますと、伊耶那岐命は、

「では、吾《われ》と汝《いまし》とで、この天之御柱《あめのみはしら》を行《ゆ》きめぐり逢って、みとのまぐあひをしましょう」

とおっしゃられました。

【解説】

## ▼見立てる

天から降られて淤能碁呂島に降り立った伊耶那岐命《いさなきのみこと》、伊耶那美命《いさなみのみこと》は、降り立つとすぐに「天之御柱《あめのみはしら》を見立て、八尋殿《やひろどの》を見立てた」とあります。

「見立てる」は、一般には、見て選び定めたり、選定したり、別なものになぞらえることをいいます。ですから「天之御柱を見立てた」ということは、たとえば大木などを神の依代《よりしろ》に選定したといった意味になろうかと思います。

わかりにくいのが「八尋殿」です。こちらも「見立てた」と記述されています。古語の「八」は神数といって、八つあるということではなくて、「数え切れないくらいたくさんの」という意味です。「尋《ひろ》」は長さの単位で、一尋はだいたい一・五〜一・八メートルの長さです。「殿」は一般には宮殿と訳されますので、そこから八尋殿は「計り知れないほどの大きさの巨大御殿」と解釈されていることが多いようです。しかし御殿は、普通は「建てる」ものであって「見立てる」ものではありません。「八尋殿」が「見立てた」と書かれている以上、これは巨大御殿ではないという可能性があります。

もともと「殿」という字は、「人が床几《しょうぎ》のような椅子に座って槍を持っている姿」を表わす象形文字です。みんなが立っている中で、ひとりだけ槍を持って座っているわけですから、それは偉い人に違いないということで、お殿様の意味となり、さらにそこから発展して、その偉いお殿様の住む屋敷のことを「御殿」と言うようになりました。つまり「殿」という字は、はじめから御殿のことを指した文字ではなくて、もともとは単に「偉い人」を表わす字であったわけです。

ということは、天之御柱と八尋殿は、別々な「柱と巨大建造物」ではなくて、「立派な木を天の偉大な神々の依代に見立てた」という意味になろうかと思います。

前項からの流れでいきますと、神々の命に従って天の沼矛で地球（淤能碁呂島）を創られた伊耶那岐、伊耶那美の二神は、その地球に降り立つと、何はさておいても、まずは神々との交信施設を築いたということになります。ここでも何よりも自分ではなく、神々が優先なのです。

### ▼成り成りて

天之御柱の八尋殿の見立てが済むと、伊耶那岐命《いざなきのみこと》と伊耶那美命《いざなみのみこと》の会話となります。まず伊耶那岐命が、

「貴女の身はどのように成っていますか？」と問います。これに伊耶那美命が、

「我が身は、成り成りて成り合わぬところが一箇所あります」と答えます。伊耶那岐命も同じように、

「私の身は、成り成りて成り余るところが一箇所あります」と答えています。

これはたいへん不思議な会話です。伊耶那岐、伊耶那美は神様です。なにせ地球を創ったくらいです。「成り成りて」というのは、その神様が完全に完璧《かんぺき》に成長したということです。神様として完全体です。ところが完全体となったら、それぞれ合わないところ、余っているところがあったというのです。つまりそれは不完全です。神様が完全体となったら、不完全になったというのです。一読して矛盾のあるおかしな話です。

ここでポイントになるのが「我が身」です。この段階で伊耶那岐、伊耶那美には「身」があるとわかります。つまり「肉体を持っている」ということです。創世の神々もそうですが、伊耶那岐、伊耶那美も、天の浮橋でコオロコオロとされたときには、なにせ天の川に立たれるほどですから、想像を絶する巨大さです。なにせ矛から滴った雫《しずく》が地球サイズなのです。どれだけ大きいかということです。ところ次の展開では、二神が雫の上に降り立たれていま す。つまりこの段階では、二神は大きさも形もない、まさに神様としての存在です。極大であって極小、しかも時空をも超越した高次元の神様です。

ところが地上に降り立たれた二神は、「身」を持っています。つまりこれは、神様が生命体に宿った姿と読むことができます。生命体であれば、その生命体は成長し、雌雄《しゆう》の性差が生まれます。地球が誕生したのが約四十六億年前、生命の誕生が四十億年前といわれていますが、当初の頃の生命体には雌雄の区別はありません。それが進化して雌雄が生まれ、雌雄が生まれることによって多様性を保持し、様々な生命体へと進化しています。そして類人猿が誕生したのがおよそ七百万年前、現世《げんせ》人類が誕生したのが約二十万年前とされています。古事記は、その膨大《ぼうだい》な時間の経過を、「成り成りて」という短い言葉で表わしていることになります。つまり「成り成りて」という言葉は、地球上の生命の進化そのものを表わしているということになります。

その進化は、雌雄の違いによってもたらされています。ということは、伊耶那岐はあらゆる雄性《ゆうせい》に宿る神、伊耶那美は、あらゆる雌性《しせい》に宿る神ということになります。そしてこの二つが結合して、今度は「国を生もう」とお声がけされています。

## ▼天之御柱を行き廻《めぐ》る

国を生むために、伊耶那岐と伊耶那美は、神々の依代《よりしろ》である御柱をまわり、そこで互いに声をかけ合います。これは婚礼の儀をとり行うことを意味します。動植物ならばこのような儀式は行いません。植物なら胞子が飛ぶだけですし、動物ならいきなりマウントするだけです。

地球上の生命体は、雌雄の合体によって子孫を残し進化してきたわけですが、婚礼の儀を行うのはヒトだけです。生命体は、ヒトにまで進化することで、はじめて婚礼の儀を通して、その肉体だけでなく、肉体に宿る御神霊《ごしんれい》もしくは御魂《みたま》を結ぶことができます。植物も昆虫も動物も、あらゆる生物は交合して子を残しますが、動植物や昆虫には求婚行動はあっても、結のための婚礼の儀はありません。ただマウントするだけなら、猿や昆虫と同じです。ヒトだけが婚礼の儀を通して御霊を結びます。これを大和言葉で「むすび」といいます。肉体には御神霊としての御霊が宿ります。婚礼の儀で、その御霊を結ぶのです。ヒトの男女の結婚というものは、ヒトだけに与えられた御霊の神事です。肉体の結合そのものは婚礼の儀を経由しなくてもできますが、御魂の結びは神々の前で婚礼の儀を執《と》り行ってはじめてできるものです。つまりこの段階で、伊耶那岐、伊耶那美は、人の肉体に宿っているということがわかります。

ちなみに婚礼の儀を行い、御霊を結ぶということは、離婚しても（ひとたび神々の前で御霊を結んだのですから）、御霊は結ばれたままです。それほどまでに、婚礼の儀は重い儀式です。ですから昔は何らかの事情で再婚に至ったとしても、呼び名はもとの配偶者の官名等で呼ばれました。それくらい昔の人は御霊の結合を大切なものとして扱ってきたのです。

## 第三節　水蛭子

**【原文】**

**如此之期、乃詔「汝者自右廻逢、我者自左廻逢。」約竟廻時、伊耶那美命、先言「阿那迩夜志愛上袁登古袁。」此十字以音、下効此。」後伊耶那岐命言「阿那迩夜志愛上袁登売袁。」各言竟之後、告其妹曰「女人先言、不良。」雖然、久美度迩此四字以音興而生子、水蛭子。此子者入葦船而流去。次生淡島。是亦、不入子之例。**

**【読み下し文】**

如此《かく》期《ちぎ》りて、乃《すなは》ち「汝《いまし》は右《みぎ》より廻り逢《あ》へ、我《われ》は左より回《めぐ》り逢はむ」と詔らす。約《ちぎ》り竟《お》へて廻《めぐ》る時、伊耶那美命《いさなみのみこと》、先ず「阿那迩夜志愛袁登古袁《あなにやしえをとこを》」（この十字は音《こゑ》を以いる。下《しも》はこれに効《なら》う）と言ふ。後《のち》に伊耶那岐命《いさなきのみこと》、「阿那迩夜志愛袁登売袁《あなにやしえをとめを》」と言ふ。各《おのおの》言ひ竟《お》へし後、其の妹に告らして曰《いは》く、「女子《おみな》先《ま》づ言へるは不良《さがな》し。」

然《しか》れども、久美度迩《くみどに》興して生みませる子は、水蛭子《ひるこ》。此の子は葦船《あしふね》に入れて流し去《つ》。次に淡《あは》島《しま》を生みましき。是亦《これもまた》、子の例《かず》には入《い》ら不《ず》。

**【現代語訳】**

**このように約束されると伊耶那岐命《いさなきのみこと》は、**

**「あなたは天之御柱を右から周りなさい。**

**私は左から周り、その先で逢いましょう」**

**と言いました。**

**このように約束し終えて天之御柱を周りますと、伊耶那美命《いさなみのみこと》が先に、**

**「ああ、愛しい貴方よ！」**

**と言いました。続けて伊耶那岐命が、**

**「おお、愛しい貴女よ！」**

**と言いました。各々、そのように言い終えたあと、妻となった伊耶那美に伊耶那岐は、**

**「女性から先に声をかけたのは、よくなかったのではないだろうか」と申されました。**

**こうして懐妊した伊耶那美のために産屋を建てて生まれた子は、水蛭子《ひるこ》でしたので、この子は葦の船に乗せて流しました。**

**次に淡島が生まれましたが、この子もまた、子の数には入れません。**

**【解説】**

### ▼えをとこ、えをとめ

婚礼の儀のために、伊耶那岐《いさなき》と伊耶那美《いさなみ》は天の御柱の回りをめぐります。このとき伊耶那美の言葉、「阿那迩夜志愛袁登古袁《あなにやしえをとこを》」は、「あなにやし」が感嘆詞、「えをとこを」が、「愛しい男」です。大和言葉では「あな」が、「あゝ」という感嘆詞、「に」は「以音」とは注釈されていますが「迩」という漢字が使われています。「迩」は「近い」という意味の漢字で、「やし」は「～だなあ」という詠嘆《えいたん》です。「えをとこを」は、「を」が「～だなあ」の詠嘆で、「えをとこ」が簡単にいえば「良い男」です。続けますと、「あら、すぐ近くに良い男がいるわ」となります。

続く伊耶那岐の言葉の「あなにやし、えをとめを」も、同様に訳すと「おお、すぐ近くに良い女がいる」となります。このように互いに声をかけあったあとで、神の前で結びの誓いを立てるわけです。

ところがこれから柱を回ろうとする際に、伊耶那岐から「あなたは天之御柱を右から周りなさい。私は左から周ります」と声をかけています。婚礼の儀は御霊を結ぶ大事な神事です。伊耶那岐、伊耶那美はともに創成の神々の「諸命以《もろもろのみこともちて》」その神事を執り行おうとしています。ということは、はじめに伊耶那岐から声掛けしたことも神事となります。そうであるならば、柱を回り終えたあとに声をかけることもまた伊耶那岐が行うべきことです。ところが伊耶那美の方から先に声をかけてしまっています。そこで神事を終えて結ばれたあとに伊耶那岐は、「女性から先に声をかけたのは、よくなかったのではないだろうか」と述べるわけです。結果は案じた通り、最初の子は水蛭子《ひるこ》であったと書かれています。

## ▼水蛭子

では、最初に生まれた水蛭子《ひるこ》とはいったいどのようなものだったのでしょうか。一般には水蛭子は、骨のないグニャグニャ人間だったと言われます。他に兄弟婚などの近親相姦の結果、第一子に不具者が生まれることを語っているのだ、あるいは「ヒルコ」だから、これは「昼に生まれた子」に違いないという説もあります。

しかしこの段のはじめに、伊耶那岐は、「国土を生み成さんと思うがいかに」と問うています。そして物語の先取りになりますが、水蛭子や淡島のあとに生まれているのは、淡路島や四国、あるいは九州などの国土です。であるにも拘わらず、どうして水蛭子だけを、ヒトの子であり、しかもあり得ないような骨なし人間や不具者などと読むのでしょうか。あるいは伊耶那岐《いさなき》、伊耶那美《いさなみ》は、どこにも兄妹とは書いてないのに近親婚と読むのでしょうか。なるほど伊耶那美ついて、古事記は「妹伊耶那美命」と書いています。しかし古代において妹とは、実の妹のことだけでなく、妻のことも妹と呼びました。妻となるということは、血の繋がった親子兄弟姉妹と同様に身内となることだからです。男同士なら兄弟の契《ちぎり》です。妻なら妹です。

昼間に生まれたから「ヒルコ」という説にしても、古事記は「水蛭子」の後ろに「以音」とは書いていません。つまりここでは漢字の「水蛭子」そのものに意味があるということになります。「水蛭」は明らかに軟体動物の蛭《ひる》です。蛭には様々な種類がありますが、ほぼ共通しているのは細長い形状をしていることです。そしてここでは、国土を生んでいるのですから、そうであるなら、これは「蛭のような細長い形をした島」を生んだということである可能性があります。本文には続けて淡島を生んだとありますが、その細長い島に付属した小さな淡い島ということかもしれません。

ところがその「島」であるはずの水蛭子を、「葦船《あしふね》に入れて流し去った」と古事記は書いています。葦でできた船は、先々には水没します。島を船に入れて流すことはできませんが、島が水没することはあり得ます。つまりはじめに生まれた島である水蛭子島と淡島は、いずれも、何らかの気象状況の変化で水没したということを、ここではやや比喩的に言い表わしているのではないかと思います。そうであれば、水蛭子も、淡島も「子の例《かず》に入《い》れず」、つまり神様の例には含めないということも、意味が通じます。水没しているのであれば、数に入れても意味がないからです。

話がすこし先取りに成りますが、古事記はこのあと伊耶那岐、伊耶那美がもう一度天の御柱を回り直して、今度は健康な子である淡路島、四国、隠岐島、九州、壱岐島、対馬、佐度、本州の八島などを生んだと書いています。ということは、これはもしかするとですが、はじめに住んでいた島が二つとも水没してしまったので、やむを得ず島を捨てて、葦船に乗ってたどり着いたのが、淡路島や四国、九州、本州などの日本列島（大八島）だったということかもしれません。

ちなみに竹内文書には、古代に天皇家が王となっていた「ウガヤフキアエズ朝」があり、太古の昔にはミヨイ、タミアラという名の二つの大陸があったけれど天変地異で水没したという記述があるのだそうです。竹内文書の信ぴょう性に疑いを持つ人も多いかと思いますが、現実に沖縄県にある日本最西端の島である与那国島からは海底遺跡が発見されていますし、島が沈むということは、現実にあることです。

水没という点からは、二つの時代の可能性が考えられます。ひとつは一万一千年前頃で、この時期は気象区分で「ヤンガードゥリアス期」と呼ばれます。この時期は、たった五十年で年平均気温が摂氏七度も上昇したことが知られています。このため氷河が溶けて巨大な湖が決潰《けっかい》し、大量の淡水が海に流れ込みました。ヨーロッパではこのときにビクトリア湖に溜められていた多量の水がエジプトに大洪水を起こし、その水が地中海に流れ込んで、沿岸部に深刻な水害をもたらしています。いわゆる「ノアの箱舟」伝説は、まさにこの時期の逸話《いつわ》なのではないかという説があります。

年平均気温というのは、〇・八度違うと、仙台の気象と鹿児島の気象が入れ替わります。七度の差というが、どれだけおそろしい変化かということが窺えます。当然のことながら、海面はいまよりもはるかに上昇しました。このときは、いま平地とされているところは全部海中に没しています。

もうひとつの可能性は、いまから七千三百年前に起こりました。このとき、鹿児島沖でアカホヤの大噴火が起こっています。この噴火は、「カルデラ破局噴火」と呼ばれるもので、巨大な島、それも四国の半分くらいの大きさのある巨大な島が、まるごと吹き飛んだとされています。いまは鹿児島の沖合に、この吹き飛んだ島の周辺の外輪山だけが、薩摩《さつま》硫黄島《いおうとう》、薩摩《さつま》竹島《たけしま》としてかろうじて水面の上に出ています。中央部にあったはずの巨大な島は、いまは跡形もなく消し飛んでいて、ただの海になっています。もしかしたらそれが「水蛭子島」の正体かもしれません。

人は食べなければ生きていくことができません。その意味では、海に面するということは、縄文期に集落を形成するうえにおいては、とても重要なことでした。縄文時代の遺跡の多くには貝塚がありますが、貝を拾って食べていたということは、そこは、いまでこそ内陸部になっていたとしても、大昔は海に面していたわけです。

古事記に記載された国生み神話を見ると、生んだ国の順番は、淡路島、四国、隠岐島《おきのしま》、九州、壱岐島、対馬、佐度、本州の順番です。海に面したところは、波が荒れると食べ物が全然とれなくなりますが、島であれば、南の海が荒れたら北側の海で、島の東の海が荒れたら西の海岸で、貝拾いや海藻取り、地引き網や釣りなどが可能です。つまり大陸の沿岸部よりも、島嶼《とうしょ》の方が食べ物を得やすいのです。

そういう意味で、アカホヤにかつてあった「水蛭子島」に住んでいた人々が、火山の噴火以降、火山灰の被害の比較的少なかった淡路島に移住し、そこから増えた子孫たちが、それぞれ散って行った先が、淡路島に近い四国であり、島嶼である隠岐島であり、九州であり、壱岐島、対馬、佐渡であり、本州の内陸部に人が住むようになったのは、だいぶあとになってからだったということを、やや象徴的にここで書き記しているのかもしれません。

そうであるとすると、古事記は宇宙創成の順番や段階を記述しているだけでなく、もしかすると人類誕生の謎も描いているのかもしれません。なぜなら進化論では「生物の進化は環境適合の結果起きた」とされているからです。ヒトは環境適合の結果、猿から進化したとされています。もし内陸部の森林で生活をするなら、体毛がなくて足指が退化したヒトよりも、どう見ても全身が毛で覆われて足指が手指と同じくらい器用に動く猿の方が環境に適しています。さらにいえば森での歩行は四足歩行の方が、子孫を残すのに必要な外性器を守れます。二足歩行では特に雄は大事なところに怪我《けが》をしてしまうからです。つまり内陸部にいる猿は、毛のない二足歩行のヒト型になることはないといえます。さらにいうなら、四足歩行に尻尾《しっぽ》は不可欠です。なぜなら動物は頭部が重たいからです。四足の前後のバランスを取るためには、頭部が重たい分、尻尾が発達していなければ歩走行時のバランスが取れません。

ところが何らかの事情で猿が離れ小島に住むようになったとすると、食物を得る先は、もっぱら森ではなく、海になります。海水で濡れた体は毛がない方が乾きやすいですし、海に潜るにも毛がない方が速く泳げます。また大きな魚を引き揚げるときには、足は踏ん張りがきくように、両腕よりも筋力が発達している方が環境に適合的です。すると四足歩行するよりも、二足歩行の方が環境に適合的となります。そして二足歩行なら、尻尾は必要なくなります。

海で魚を得るには釣り針と釣り糸が不可欠ですが、釣り針は魚の骨で作るとして、釣り糸には細くて丈夫な糸が必要です。これには髪の毛が適しています。海で働く男性は、髪の毛が長いと邪魔で怪我のもとになりますが、陸にいる女性の髪が長ければそれだけ釣り糸が得やすくなります。そこから髪の長い女性が好まれ、それが適者生存に繋がったとすれば、これもまた理に叶《かな》うことになります。

右は、いわば人類島嶼誕生説ですが、この説は部分的な、たとえばジャワ原人は身長一メートル、頭蓋骨の大きさが現世人類の三分の一程度ですが、このように矮小《わいしょう》化したのは島に孤立したからだという島嶼矮小化説という限定的な一部についてしかいまは認められていません。しかし古事記の記述の水蛭子以下、淡島や淡路島などの国生みが、言葉を変えれば島生みの記述になっていることからすると、もしかすると、宇宙創生や宇宙無限説、地動説同様、人類島嶼誕生説が近い将来、進化論を決定づける世界の常識になるかもしれないのでは、と思ってしまいます。それはなんだか、まるで古事記の記述に現代の最先端科学がようやく追いついてきた、ということを表わしているかのようです。

## 第四節　神議り

【原文】

於是、二柱神議云「今吾所、生之子、不良。猶宜白天神之御所。」即共三上、請天神之命。尓天神之命以、布斗麻迩尓上此五字以音卜相、而詔之「因女先言而不良。亦還降改言。」故尓、反降、更往廻其天之御柱如先。於是伊耶那岐命先言「阿那迩夜志愛袁登売袁」。後妹伊耶那美命言「阿那迩夜志愛袁登古袁」。

【読み下し文】

是《ここ》に二柱《ふたはしら》の神、議《はか》りて云《いは》く、

「今吾《あ》が生める子良からず。猶《なほ》天つ神の御所《みもと》に白《まを》すべし。」

即ち共に参上《まゐりのぼ》りて、天つ神の命《みこと》を請《こ》ひき。尓《しかして》天つ神の命《みこと》以《も》ちて、布斗麻迩尓《ふとまににて》（上、この五字は音《こゑ》を用いる）卜相《うらな》ひて詔《の》らさく、

「女《をみな》先《ま》づ言へるに因りて良からず。

亦還《またかへ》り降りて改《あらた》めて言へ」

故《かれ》尓《しかして》反《かへ》り降りまして、更《さら》に其《そ》の天《あめ》の御柱《みはしら》を往《ゆ》き廻《めぐ》りますこと、先のごとし。

是《ここ》に伊耶那岐命《いさなきのみこと》、先づ「阿那迩夜志愛袁登売袁《あなにやしえをとめを》」と言ふ。後に妹《いも》伊耶那美命《いさなみのみこと》、

「阿那迩夜志愛袁登古袁《あなにやしえをとこを》」と言ふ。

【現代語訳】

そこで二神は話し合いました。

「いま、我々が生んだ子は、よくなかった。

そこで天つ神に相談してみよう」

そこで二神は、天つ神のもとに参り上って、天つ神の命を伺いました。

そうして天つ神の命をいただくために、フトマニをして占いました。その答は、

「女性の側が先に声をかけたのがよくない。

もういちど戻って改めて言い直しなさい」というものでした。

そこで二神は帰り降り、もう一度最初のときのように天の御柱を周りました。そして伊耶《いさ》那岐命《なきのみこと》から、先ず、

「おお、愛しい貴女よ」

「ああ、愛しい貴方よ」と言いました。

【解説】

## ▼神議り

天の御柱を回るという婚礼の儀において、女性神である伊耶那美《いさなみ》の方から先に声をかけることによって水蛭子が生まれてしまったことが「よくなかった」と考えた二神は、天の神様に事の次第を相談してみようと協議していきます。これを「神議《かむはかり》」といいます。神様が協議されるのだから「神議」です。

そこで二神は「共に参上《まゐりのぼ》りて、天つ神の命《みこと》を請《こ》うた」とあります。なるほど神様が神様に会いに行ったのかと思いきや、直後に古事記は「天つ神の命《みこと》以《も》ちて、フトマニで占った」と書いています。

「フトマニ」というのは、古代において行われていた鹿の骨を焼いて、できたひび割れによって、様々な御神意を得ようとするものです。

つまり古事記は、まず伊耶那岐《いさなき》、伊耶那美の二神が「天に参上して天つ神のご意見を伺った」と書いておきながら、そのすぐ後に、「天つ神の回答を占いによって得た」と書いているのです。古典を読むときは、こうした一見、矛盾に見えるところを掘り下げることで、その真意が見えてくるということがよくありますが、原文には、ここを読み解くためのヒントが注釈されています。注釈は、「上此五字以音」です。はじめにある「上」は、上声《じょうせい》といって、そこにアクセントを置いて強く引き伸ばすように発音しなさい、ということです。つまり原文にある「布斗麻迩尓《フトマニにて》」の末尾の「尓《にて》」を、強く発音しなさいということです。その後ろに、「この五字は、いずれも音《こえ》を以《もち》いる」と書かれています。「尓」という字は、文末に付くときには断定の語気を表わします。しかも「上声」ですから、そこを「引き伸ばすように強く発音せよ」ということです。それだけ占いをしたことを強調しているわけです。

つまりここには二つの事実が描かれています。これはどのように理解すべきことなのでしょうか。

まず、伊耶那岐と伊耶那美は前節でお話ししましたように、肉体を持っています。だから成り成りて、成り余ったり、成り足らざるところができたのです。けれども二神は婚礼の儀を執り行っています。これは二神の御霊《みたま》を結ぶ行事です。

つまり古事記は、肉体と、その肉体に宿る御霊を明瞭に分けて認識していることがわかります。御霊が肉体に宿るのです。ですから水蛭子が生まれたという困った事態に至ったとき、二神の御霊が天つ神のもとにお伺いを立てに行っています。御霊ですから、時空を超えて天つ神のもとに行くことができるわけです。ところが肉体にはそれができませんから、御霊がお伺いを立てに行った結果を、肉体を持つ二神はフトマニで占って、その答えを得ようとしているわけです。

この結果、「女先《をんなま》づ言えるによりて不良《さがな》し。また還《かへ》り降りて改めて言へ」という、伊耶那岐、伊耶那美の御霊が天つ神のもとで聞いてきた御神託《ごしんたく》を得るわけです。

神様にお伺いを立てて答えを得ようとするときには、神様に何らかの依代《よりしろ》に降りてきていただくか、こちらからお伺いを立てに神様のもとへ行くしかありません。そうはいっても肉体は神様のところには行けませんから、代わりに肉体に宿っている御霊に神様のところに行って答えを得てきているわけです。そしてその回答を占い（フトマニ）によって「見える形で」教えていただくという考え方がなされていたということがわかります。

こうして御神託を得た二神は、再度、天の御柱を周り、今度は伊耶那岐の方から「おお、愛しい貴女よ」と声をかけるわけです。

## 第五節　国生み

**【原文】**

**如此言竟而御合生子、淡道之穂之狭別島。**訓別、云和気。下効此。**次生伊予之二名島。此島者、身一而有面四。毎面有名。故、伊予国謂愛上比売**此三字以音、下効此也、**讃岐国謂飯依比古、**

粟国謂大宜都比売此四字以音、土左国謂建依別。次生隠伎之三子島。亦名天之忍許呂別許呂二字以音、次生筑紫島。此島亦、身一而有面四。毎面有名。故、筑紫国謂白日別、豊国謂豊日別、肥国謂建日向日豊久士比泥別自久至泥以音、熊曽国謂建日別曽字以音。次生伊伎島。亦名謂天比登都柱自比至都以音訓天如天。次生津島。亦名謂天之狭手依比売。次生佐度島。次生大倭豊秋津島。亦名謂天御虚空豊秋津根別。故、因此八島先所生、謂大八島国。

然後、還坐之時、生吉備児島。亦名謂建日方別。次生小豆島。亦名謂大野手上比売。次生大島。亦名謂大多麻上流別。自多至流以音。次生女島。亦名謂天一根。訓天如天。次生知訶島。亦名謂天之忍男。次生両児島。亦名謂天両屋。自吉備児島至天両屋島、并六島。

**【読み下し文】**

如此《かくのごとく》言ひ竟《お》へて御合《みあひ》して生みませる子は、淡道之穂之狭別島《あはぢのほのさわけのしま》（別を訓《よ》みて和気《わけ》と云ふ。下はこれに効《なら》ふ）。次に伊予之二名島《いよのふたなのしま》を生みましき。此の島は、身一つにして面《おもて》四つ有り。面毎《おもごと》に名有り。故《ゆえに》、伊予国は愛《え》上比《ひ》売《め》と謂ひ（この三字は音を以いる、下はこれに効《なら》ふ）、讃岐国は飯依比古《いひよりひこ》と謂ひ、粟国《あはのくに》は大宜都比売《おほげつひめ》（この四字は音を以いる）と謂ひ、土佐国は建依別《たけよりわけ》と謂ふ。次に隠伎之三子島《おきのみつごのしま》を生みましき。亦《また》の名は天之忍許呂別《あめのおしころわけ》（許呂二字は音を以いる）、次に筑紫島を生みましき。此の島亦《も》、身一つにして面《おもて》四つ有り。面《おもて》毎に名有り。故、筑紫国は白日《しらひ》別《わけ》と謂ひ、豊国《とよくに》は豊日別《とよひわけ》と謂ひ、肥国《ひのくに》は建日向日豊久士比泥別《たけひむかひとよくじひねわけ》と謂ひ（久より泥までは音を以いる）、熊曽国《くまそのくに》は建日別《たけひわけ》と謂ふ（曽の字は音を以いる）。

次に伊伎島《いきのしま》を生みましき。亦の名は天比登都柱《あめひとつはしら》と謂ふ（比より都までは音を以いる、天を訓《よ》むこと天《あめ》の如し）。次に津島を生みましき。亦《また》の名を天之狭手依比売《あめのさてよりひめ》と謂ふ。次に佐渡島を生みましき。次に大倭豊秋津島《おほやまととよあきつしま》を生みましき。亦の名は天御虚空豊秋津根別《あめつみそらとよあきつねわけ》と謂ふ。故《ゆえに》、此の八島先《ま》ず生みませるに因りて、大八島国《おおやしまぐに》と謂ふ。

然《しか》して後に、還《かへ》り坐《ま》す時、吉備児島《きびのこじま》を生みましき。亦《また》の名は建日方別《たけひかたわけ》と謂ふ。次に小豆島《あづきじま》を生みましき。亦の名は大野手《おほのて》上比売《ひめ》と謂ふ。次に大島《おほしま》を生みましき。亦の名は大多麻《おほたま》上流別《るわけ》と謂ふ。多より流までは音《こえ》を以いる。次に女島《ひめじま》を生みましき。亦の名は天一根《あめひとつね》と謂ふ。天を訓むこと天《あめ》の如し。次に知訶島《ちかのしま》を生みましき。亦の名は天之忍男《あめのおしを》と謂ふ。次に両児島《ふたごのしま》を生みましき。亦の名は天両屋《あめふたや》と謂ふ。吉備児島より天両屋島まで幷《あは》せて六島《むしま》。

**【現代語訳】**

このようにいいおえて、二神は合わせられ子を生みました。

はじめに生まれた子は、淡道之穂之狭別島《あはぢのほのさわけのしま》です。

次に伊予之二名島《いよのふたなのしま》を生みました。この島は、体はひとつなのですが、面は四つあり、面ごとに名前があります。まず伊予国は愛比売《えひめ》と言い、讃岐国は飯依比古《いひよりひこ》と言い、粟国《あはのくに》は大宜《おほげ》都比売《つひめ》と言い、土佐国は建依別《たけよりわけ》と言います。

次に隠伎之三子島《おきのみつごのしま》を生みました。この島のまたの名を天之忍許呂別《あめのおしころわけ》と言います。

次に筑紫島を生みました。この島もまた、身一つに面《おもて》が四つ有り、面《おもて》毎に名前が有ります。筑紫国は白日別《しらひわけ》と言い、豊国《とよくに》は豊日別《とよひわけ》と言い、肥国《ひのくに》は建日向日豊久士比泥別《たけひむかひとよくじひねわけ》と言い、熊曽国《くまそのくに》は建日別《たけひわけ》と言います。

次に伊伎島《いきのしま》を生みました。この島のまたの名は天比登都柱《あめひとつはしら》と言います。

次に津島を生みました。この島のまたの名は天之狭手依比売《あめのさでよりひめ》と言います。

次に佐渡島を生みました。

次に大倭豊秋津島《おほやまととよあきつしま》を生みました。この島のまたの名を天御虚空豊秋津根別《あまつみそらとよあきつねわけ》と言います。

ここまでの八つ島を先ず生みましたので、これを大八島国《おおやしまぐに》と言います。

この後にお帰りになられるときに、吉備児島《きびのこじま》を生みました。この島のまたの名は、別名建《たけ》日方別《ひかたわけ》です。

次に小豆島《あづきじま》を生みました。この島のまたの名は大野手比売《おほのてひめ》です。

次に大島《おほしま》を生みました。この島の別名は大多麻流別《おほたまるわけ》です。

次に女島《ひめじま》を生みました。この島の別名は天一根《あめひとつね》です。

**次に知訶島《ちがのしま》を生みました。この島の別名は天之忍男《あめのおしを》です。**
**次に両児島《ふたごのしま》を生みました。またの名を天両屋《あめふたや》といいます。**
**吉備児島から天両屋島まで、合計六島です。**

**【解説】**

### ▼国生み

二神が結ばれることによって、いよいよ国生みが行われます。
ここで生まれた国を、大倭豊秋津島まで順に整理すると以下のようになります。

一　淡路島　（別名）狭別島《さわけしま》
二　四国　（別名）伊予二名島《いよふたなしま》
　　伊予の国　（別名）愛比売《えひめ》
　　讃岐の国　（別名）飯依比古《いいよりひこ》
　　阿波の国　（別名）大宜都比売《おおげつひめ》
　　土佐の国　（別名）建依別《たけよりわけ》

三　隠岐三子島《おきのみつごのしま》（別名）天之忍許呂別《あめのおしころわけ》

四　筑紫島（九州）

筑紫《つくし》の国《くに》（別名）白日別《しらひわけ》

豊《とよ》の国《くに》（別名）豊日別《とよひわけ》

肥《ひ》の国《くに》（別名）建日向日豊久士比泥別《たけひむかひとよくにひねわけ》

熊曽《くまそ》の国（別名）建日別《たけひわけ》

五　壱岐島《いきのしま》（別名）天比登都柱《あめひとつはしら》

六　対馬《つしま》（別名）天之狭手依比売《あめのさてよりひめ》

七　佐渡島《さどがしま》

八　大倭豊秋津島《おほやまととよあきつしま》（＝本州）（別名）天御虚空豊秋津根別《あめつみそらとよあきつねわけ》

これらの八つの島が先に生まれたので、総称して大八島国《おおやしまぐに》というと書かれています。ここまでを文字通りに読めば、伊耶那美命《いさなみのみこと》が日本列島を生んだ、というお話になります。

しかし、単に日本列島の島々を生んだということであるならば、淡路島とか四国を生んだと書くだけで良いはずなのに、どうしてそこに「亦名《またのなは》」として、別名を表示しているのでしょうか。しかもその別名を見ると、たとえば「愛比売《えひめ》」はどうみても女性です。「飯依比古《いいよりひこ》」はどうみても男性の名前です。

## ▼別名のもたらす意味

一般にこのことは、伊耶那岐《いさなき》、伊耶那美《いさなみ》が国土そのものを生んだのだ、と説明されるのですが、おそらくは、女性から国土が生まれたというよりも、初代の伊耶那岐命、伊耶那美命の子孫が増えていき、さらに良い土地を求めて、その子孫の中のひとり、愛姫《えひめ》が、郎党たちを引き連れるなどして伊予国に渡った、あるいは飯依比古《いいよりひこ》が、同様に郎党を引き連れて、讃岐に渡ったなど、子孫が繁栄して、新たな土地を求めてそれぞれの土地へと広がっていった様子を描いているのではないでしょうか。

また、筑紫国の白日別《しらひわけ》とか、豊《とよ》の国《くに》の豊日別《とよひわけ》などの「別《わけ》」とは何でしょうか。古事記原文の注釈には、「別を訓《よ》みて和気《わけ》と云ふ。下はこれに効《なら》ふ」とあります。要するに「別」は「ワケ」と読みなさいというのです。この「別」の意味について解説しているものはあまりありませんが、最初に登場するのは「土佐の国、別名、建依別《たけよりわけ》」です。これはつまり、伊耶那岐、伊耶那美がもともといた最初の地から、愛比売や飯依比古のように直接子孫がその土地に渡ったのではなくて、たとえば、その前に書かれている阿波の国に渡った大宜都比売《おほげつひめ》の一族が、後に分離して（別れて）、土佐に渡って、そこで国造りを始めたということなのではないでしょうか。だから「別れた」と書いているとするならば、筋の通る話となります。

## ▼還りの国生み

そしてこのことは、続きを読むと一層明らかになります。なぜなら、その冒頭に書かれているのは「然《しか》して後に、還《かへ》り坐《ま》す時（原文＝然後、還坐之時）」です。子孫が増えて、全国に広がっていき、それがぐるりとめぐって、今度は子孫がまた戻ってくる過程、その過程において、生まれた島は、という記述になっているからです。ここでも島々が生まれ、同時に別名が記されています。整理して並べると次のようになります。

九　吉備児島《きびのこじま》　（別名）建日方別《たけひかたわけ》
十　小豆島《あづきじま》　（別名）大野手比売《おほのてひめ》
十一　大島《おほしま》　（別名）大多麻流別《おほたまるわけ》
十二　女島《ひめじま》　（別名）天一根《あめひとつね》
十三　知訶島《ちかのしま》　（別名）天之忍男《あめのおしを》
十四　両児島《ふたごのしま》　（別名）天両屋《あめふたや》

この六島は、それぞれ以下の島とされています（異説もあります）。
吉備児島《きびのこじま》　岡山県の吉備半島。もとは島でしたがいまは陸続きになっています。
小豆島《あづきじま》　香川県の小豆島《しょうどしま》。
大島《おほしま》　伊豆大島ではなく、おそらく福岡県の宗像大島。
女島《ひめじま》　大分県国東半島近くにある姫島。
知訶島《ちかのしま》　長崎県五島列島にある島。
両児島《ふたごのしま》　長崎県の男女群島にある島。

ここまでが「国生み」と呼ばれます。十四の島が生まれていますが、仮に、島から次の島への広がりが生まれるまでに五世代を要したとするなら、一世代が約二十年ですから、五世代でおよそ百年、それが十四島ですと、およそ千四百年になります。実際にはもっと歳月がかかったであろうし、島から島への広がりもあったことでしょうけれど、少なくとも幾千年の歳月を要したであろうと読むことができます。

## ▼島に広がる

　そこで疑問に思うのが、その子孫の広がりが、どうして島だったのかということです。このことは、第三節で人類島嶼誕生説としてすこし書きましたが、すでに猿から人になったあとにおいても、自給自足生活には島が生活に適しているということがいえます。いまでも南方の島々の中には、太古そのままの生活が営《いとな》まれている島があります。彼らがなぜ二十一世紀になってもそういう生活をしているのかといえば、食べるに困らないからです。人は食べなければ生きていくことができません。食べることができるなら、すこし大げさに言えば文明も必要ありません。

　実は終戦直後のたいへん貧しい時期にも、かつての将官クラスの方が海岸で生活したという実話があります。軍が解散となったあと、多くの佐官クラスの方々は田舎に帰って農業をしたりしたのですが、将官クラスの高級軍人さんは、時折ＧＨＱに呼び出されたり、あるいはそのまま中長期で抑留《よくりゅう》されたりしました。そうなっても、すでに軍は解散していますから、給料はありません。もちろん呼び出しも抑留も給料は出ません。こうなると土地を借りて農業を営むにも抑留されている間に雑草だらけになってしまうし、実家に帰っても騒ぎを起こして周囲に迷惑をかけてしまうことになります。そこで海岸近くに掘っ立て小屋を自力で建てて、貝を拾い、打ち上げられる海藻を拾い、たまに漁師さんたちの地引網を手伝って魚や、わずかばかりのお金をもらったりして露命《ろめい》を繋いだりしていました。海岸ならば、無料で魚が取れて貝が拾えて、海藻によって食物繊維を摂《と》ることができ、空いたお腹を何とか満足させることができるからです。

海岸で生活する場合、困るのが波浪《はろう》によって貝拾い等ができなくなることです。ところが島であれば、嵐が来ても避難できる山かげがありますし、北から風が吹けば島の南側で、南の海が荒れれば北の海岸で漁ができます。つまり島ならどの方角から風が吹いても、風下の海岸で漁ができるし貝も拾えるのです。

これが内陸部の山野暮らしではそうはいきません。まずキツネや狸《たぬき》や鹿などの獲物をとるには、狩りのための様々な道具類が必要ですし、どんぐりや椎の実、栗や柿の実などの木の実も、年中あるわけではありません。釣り糸を垂《た》れたら一年中食べられるというものではないのです。

ですから日本列島に住み始めた人が、当初は比較的小さな島で生活をスタートさせ、後に人口の増加に従って、より大きな島へと生活の拠点を移し、さらに人口が増えて、新たな島に生活の拠点を拡大していったという流れは、十分に納得のできることではなかろうかと思います。

つまり「国生み」は、実は国土を生んだのではなくて、生まれた子孫が散らばっていった様子を描いたものといえるのかもしれません。

## 第六節　神生み

**【原文】**

既生国竟、更生神。故、生神名、大事忍男神。次生石土毘古神。訓石云伊波。亦毘古二字以音。下効此也。次生石巣比売神。次生大戸日別神。次生天之吹上男神。次生大屋毘古神。次生風木津別之忍男神。訓風云加邪。訓木以音。次生海神。名大綿津見神。次生水戸神。名速秋津日子神、次妹速秋津比売神。自大事忍男神至秋津比売神、并十神。

此速秋津日子・速秋津比売二神、因河海、持別而生神名、沫那芸神那芸二字以音。下効此。次沫那美神那美二字以音。下効此。次頬那芸神、次頬那美神、次天之水分神。訓分云久麻理。下効此。次国之水分神、次天之久比奢母智神自久以下五字以音。下効此。次国之久比奢母智神。自沫那芸神至国之久比奢母智神、并八神。

次生風神・名志那都比古神。此神名以音。次生木神・名久久能智神。此神名以音。次生山神・

名大山上津見神。次生野神・名鹿屋野比売神。亦名謂野椎神。自志那都比古神至野椎、并四神。此大山津見神・野椎神二神、因山野、持別而生神名、天之狭土神。訓土云豆知。下効此。次国之狭土神、次天之狭霧神、次国之狭霧神、次天之闇戸神、次国之闇戸神、次大戸或子神訓或云麻刀比。下効此。次大戸或女神。自天之狭土神至大戸或女神、并八神也。

次生神名、鳥之石楠船神、亦名謂天鳥船。次生大宜都比売神。此神名以音。次生火之夜芸速男神。夜芸二字以音。亦名謂火之炫毘古神。亦名謂火之迦具土神。迦具二字以音。因生此子、美蕃登此参字以音見炙而病臥在。多具理迩此四字以音生神名、金山毘古神訓金云迦那、下効此。次金山毘売神。次於屎成神名、波迩夜須毘古神此神名以音。次波迩夜須毘売神。此神名亦以音。次於尿成神名、弥都波能売神、次和久産巣日神、此神之子、謂豊宇気毘売神。自宇以下四字以音。故、伊耶那美神者、因生火神、遂神避坐也。自天鳥船至豊宇氣毘売神、并八神。

凡伊耶那岐、伊耶那美二神、共所生島壱拾肆。島、神三拾伍神。是伊耶那美神、未神避以前所生。唯意能碁呂島者、非所生。亦姪子与淡島、不入子之例也。

**【読み下し文】**

すでに国を生み竟《お》えて、更に神を生みましき。故《ゆえ》に、生みませる神の名は、大事忍男神《おほことおしをのかみ》。次に石土毘古《いはつちひこ》の神《かみ》を生みましき。石を訓《よ》みて伊波《いは》と云ふ。また毘古の二字は音《こえ》を以《もち》いる。下は此れに効《なら》ふ。

次に石巣比売《いはすひめ》の神《かみ》を生みましき。次に大戸日別神《おほとひわけのかみ》を生みましき。次に天之吹男神《あめのふきをのかみ》を生ましき。

次に大屋毘古《おほやひこ》の神《かみ》を生みましき。次に風木津別之忍男神《かざもつわけのおしをのかみ》を生みましき。風を訓《よ》みて加耶《かざ》と云ふ。木を訓むには音を以いる。

次に海神《うみのかみ》、名は大綿津見神《おほわたつみのかみ》を生みましき。次に水戸神《みなとのかみ》、名は速秋津日子神《はやあきつひこのかみ》、次に妹速秋津《いもはやあきつ》比売神《ひめのかみ》を生みましき。

大事忍男神より秋津比売神まで、并《あは》せて十柱神。

この速秋津日子神、速秋津比売神の二柱の神、河海《かはうみ》に因《よ》りて持ち別けて、生みませる神の名は、沫那芸神《あわなぎのかみ》那芸《なぎ》二字は音《こえ》を以《もち》いる。下は此《こ》れに効《なら》ふ。

次に沫那美神《あわなみのかみ》那美《なみ》の二字は音《こえ》を以《もち》いる。下は此《こ》れに効《なら》ふ。

次に頬那芸神《つらなぎのかみ》、次に頬那美神《つらなみのかみ》、次に天之水分神《あめのみくまりのかみ》、分を訓《よ》みて久麻理《くまり》と云ふ。下は此《こ》れに効《なら》ふ。

次に国之水分神《くにのみくまりのかみ》、次に天之久比箸母智神《あめのくひざもちのかみ》久より以下の五字は音《こえ》を以《もち》いる。下は此《こ》れに効《なら》ふ。

次に国之久比箸母智神《くにのくひざもちのかみ》。沫那芸神より国之久比箸母智神まで并せて八柱の神。

次に風神《かぜのかみ》、名は志那都比古神《しなつひこのかみ》を生みましき。この神の名は音《こえ》を以《もち》いる。

次に木神《きのかみ》、名は久久能智神《くくのちのかみ》を生みましき。この神の名は音《こえ》を以《みち》いる。

次に山神《やまのかみ》、名は大山上津見神《おほやまつみのかみ》を生みましき。

次に野神《ののかみ》、名は鹿屋野比売神《かやのひめのかみ》を生みましき。またの名は野椎神《のづちのかみ》と謂ふ。志那都比古神より野椎まで并《あわ》せて四柱の神。

此の大山津見神、野椎神の二柱の神、山野《やまの》に因《よ》りて持ち別けて生みませる神の名は、天之狭《あめのさ》土神《づちのかみ》。土を訓《よ》みて豆知と云ふ。下は此《こ》れに効《なら》ふ。次に国之狭土神《くにのさづちのかみ》、次に天之狭霧神《あめのさぎりのかみ》、次に国之狭霧神《くにのさぎりのかみ》、次に天之闇戸神《あめのくらどのかみ》、次に国之闇戸神《くにのくらどのかみ》、次に大戸或子神《おほとまとひこのかみ》或を訓《よ》みて麻刀比《まとひ》と云ふ。下は此《こ》れに効《なら》ふ。

次に大戸惑女神《おほとまとひめのかみ》。天之狭土神より大戸惑女神まで并《あは》せて八柱の神。

次に生める神の名は、鳥之石楠船神《とりのいわくすふねのかみ》、亦の名は天鳥船《あめのとりふね》と謂ふ。次に大宜都比売神《おほげつひめのかみ》を生みましき。この神の名は音《こえ》を以《もち》いる。

次に火之夜芸速男神《ひのやぎはやをのかみ》を生みましき。夜芸の二字は音《こえ》を以《もち》いる。亦の名は火之炫毘古神《ひのかがひこのかみ》と謂ふ。亦の名は火之迦具土神《ひのかぐつちのかみ》と謂ふ。迦具の二字は音《こえ》を以《もち》いる。

此の子を生みまししに因《よ》りて、美蕃登《みほと》この三字は音《こえ》を以《もち》いる、見を炙《や》かれて病み臥《こや》して在り。多具理迩《たぐりに》この四字は音《こえ》を以《もち》いる、生《な》りませる神の名は、金山毘古神《かなやまひこのかみ》金を訓《よ》みて加那《かな》と云ふ。下は此《こ》れに効《なら》ふ。次に金山毘売神《かなやまひめのかみ》。次に屎《くそ》に成りませる神の名は波迩夜須毘古神《はにやすひこのかみ》この神の名は音《こえ》を以《もち》いる、次に波迩夜須毘売神《はにやすひめのかみ》。この神の名はまた音《こえ》を以《もち》いる。次に尿《ゆまり》に成りませる神の名は、弥都波能売神《みつはのめのかみ》、次に和久産巣日神《わくむすひのかみ》。此の神の子は、富宇気毘売神《とようけひめのかみ》と謂ふ。宇より以下《しも》の四字は音《こゑ》を以《もち》いる。故《ゆゑ》に伊耶那美神は、火の神を生みまししに因《よ》りて、遂《つひ》に神避《かむさ》り坐《ま》しき。天鳥船より富宇気毘売神まで并せて八柱の神。

凡《およ》そ伊耶那岐、伊耶那美の二柱の神、共に生みませる島、壱拾肆《とをあまりよつ》。また、島・神、参拾伍神。

是れは伊耶那美神の未だ神避りまさぬ以前に生みませり。ただし、意能碁呂島のみは生みませるに非《あら》ず。

亦《また》蛭子《ひるこ》と淡島も、子の例《かず》に入らず。

**【現代語訳】**

**国を生み終えたあと、伊耶那岐《いさなき》、伊耶那美《いさなみ》は、さらに神様をお生みになりました。そこで生まれた神の名は、**

**大事忍男神《おほことおしをのかみ》、次に石土毘古神《いはつちひこのかみ》、**

**次に石巣比売《いはすひめ》の神《かみ》、次に大戸日別神《おほとひわけのかみ》、**

**次に天之吹男神《あめのふきをのかみ》、次に大屋毘古神《おほやひこのかみ》、次に風木津別之忍男神《かざもつわけのおしをのかみ》、次に大綿津見神《おほわたつみのかみ》という海の神、**

**次に速秋津日子神《はやあきつひこのかみ》という水戸神《みなとのかみ》、次に妹速秋津比売神《いもはやあきつひめのかみ》を生みました。**

**ここまでで十柱の神様です。**

**このなかの速秋津日子神と、速秋津比売神の二柱の神が、川と海で持ち別けて生んだ神の名は沫那芸神《あわなぎのかみ》、次に沫那美神《あわなみのかみ》、次に頬那芸神《つらなぎのかみ》、次に頬那美神《つらなみのかみ》、次に天之水分神《あめのみくまりのかみ》、次に国之《くにの》**

水分神《みくまりのかみ》、次に天之久比箸母智神《あめのくひざもちのかみ》、次に国之久比箸母智神《くにのくひざもちのかみ》です。

この沫那芸神から国之久比箸母智神までが、あわせて八柱の神様です。

次に志那都比古神《しなつひこのかみ》という風神《かぜのかみ》、次に久久能智神《くくのちのかみ》という木神《きのかみ》、次に山神《やまのかみ》の大山上津見神《おほやつみのかみ》、次に野神《ののかみ》の鹿屋野比売神《かやのひめのかみ》を生みました。この神のまたの名は野椎神《のづちのかみ》といいます。

志那都比古神から野椎神までで、あわせて四柱の神様です。

このなかの大山津見神と野椎神の二柱の神が、山野を持ち別けて生んだ神は、天之狭土神《あめのさづちのかみ》、次に国之狭土神《くにのさづちのかみ》、次に天之狭霧神《あめのさぎりのかみ》、次に国之狭霧神《くにのさぎりのかみ》、次に天之闇戸神《あめのくらどのかみ》、次に国之闇戸神《くにのくらどのかみ》、次に大戸或子神《おほとまとひこのかみ》、次に大戸惑女神《おほとまとひめのかみ》です。

ここまでの天之狭土神から大戸惑女神までが、あわせて八柱の神様です。

次に生んだ神の名は、鳥之石楠船神《とりのいわくすふねのかみ》で、またの名を天鳥船《あめのとりふね》といいます。次に大宜都比売神《おほげつひめのかみ》、次に火之夜芸速男神《ひのやぎはやをのかみ》を生みました。この神様のまたの名を火之炫毘古神《ひのかがひこのかみ》、または火之迦具土神《ひのかぐつちのかみ》といいます。

伊耶那美は、この子を生んだことによって美ホトを炙《や》かれて病いに臥《ふ》せました。このときタグリ（吐瀉物《としゃぶつ》）から生まれた神の名は金山毘古神《かなやまびこのかみ》、金山毘売神《かなやまびめのかみ》です。次に屎《くそ》から成られた神様は、波迩夜須毘古神《はにやすひこのかみ》、波迩夜須毘売神《はにやすひめのかみ》です。次に尿から成られた神の名は、弥都波能売神《みつはのめのかみ》、次に和久産巣日神《わくむすひのかみ》です。この神様の子は、富宇気毘売神《とようけひめのかみ》といいます。こうして伊邪那美

**神は、火の神を生むことによって、ついに神避《かむさ》られました。**

**天鳥船から富宇気毘売神までが、あわせて八柱の神様です。そして伊耶那岐、伊耶那美の二柱の神が共に生んだ島は、全部で十四でした。また島や神様は、全部で三十五柱の神様になります。そしてこれらは、伊耶那美神が神避られる前に生んだ神様です。ただしその中で、意能碁呂島《おのころじま》のみは生んだのではありません。また蛭子《ひるこ》と淡島も、子の例《かず》に入れません。**

**【解説】**

**▼神生み**

国生みに続く、この神生みの章も、たくさんの神様のお名前が次々に登場するところで、なんとなく読み飛ばしてしまいそうになるし、あるいは解説本によっては、あっさりと飛ばして次の章にいってしまったりしているものも多く見かけます。ここで登場する神々は、その後の古事記の物語の展開で、その都度《つど》再登場します。ですので、ここではそれぞれの神様の系譜《けいふ》を述べているところのようにも見えます。けれど、もしそうであるとするならば、その神様がご活躍されるシーンで説明すれば足りるはずで、あえて神生みとして独立させる必要はないようにも思えます。古典文学は、多くの場合、言葉を大幅に省《はぶ》いて記述がされます。必要のないことは書かないのです。

すると、ではどうしてここで神生みとして神々のお名前をズラリと並べているのかが疑問になります。そこには伝えるべき何かがあるはずです。

そこで神様のお名前と、その登場する順番、それと神様のお名前の持つ意味に注目して、順に並べてみたいと思います。

1 大《おほ》事《こと》忍《おし》男《を》神《のかみ》　大事なことを忍ぶ
2 石《いは》土《つら》毘《ひ》古《こ》神《のかみ》　石と土
3 石《いは》巣《す》比《ひ》売《め》神《のかみ》　石でできた住居
4 大《おほ》戸《と》日《ひ》別《わけ》神《のかみ》　大きな出入り口
5 天《あめ》之《の》吹《ふき》男《を》神《のかみ》　天の息吹
6 大《おほ》屋《や》毘《ひ》古《こ》神《のかみ》　大きな屋根（伽藍《がらん》）
7 風《かさ》木《き》津《つ》別《わけ》之《の》忍《おし》男《を》神《のかみ》　風を防ぐ囲い
8 大《おほ》綿《わた》津《つ》見《み》神《のかみ》　海
9 速《はや》秋《あき》津《つ》日《ひ》子《こ》神《のかみ》　水門
10 妹《いも》速《はや》秋《あき》津《つ》比《ひ》売《め》神《のかみ》　水門

（ここまで十柱の神様）

11　沫那芸神《あわなぎのかみ》　白波が凪《な》いでいる
12　沫那美神《あわなみのかみ》　白波がたっている
13　頬那芸神《つらなぎのかみ》　頬（両岸）の凪
14　頬那美神《つらなみのかみ》　頬（両岸）の波
15　天之水分神《あめのみくまりのかみ》　天の分水嶺
16　国之水分神《くにのみくまりのかみ》　国の分水嶺
17　天之久比箸母智神《あめのくひざもちのかみ》　天の水をくむ瓢箪《ひょうたん》
18　国之久比箸母智神《くにのくひざもちのかみ》　国の水をくむ瓢箪《ひょうたん》

（ここまで八柱の神様）

19　志那都比古神《しなつひこのかみ》　風の神
20　久久能智神《くくのちのかみ》　木の神
21　大山津見神《おほやまつみのかみ》　山の神
22　鹿屋野比売神《かやのひめのかみ》　野の神（野椎神《のつちのかみ》）

（ここまで四柱の神様）

23　天之狭土神《あめのさつちのかみ》　天の山野を別ける

24 国《くに》之《の》狭《さ》土神《つちのかみ》　国の山野を別ける
25 天《あめ》之《の》狭《さ》霧神《ぎりのかみ》　天の霧
26 国《くに》之《の》狭《さ》霧神《ぎりのかみ》　国の霧
27 天《あめ》之《の》闇戸神《くらとのかみ》　天の谷
28 国《くに》之《の》闇戸神《くらとのかみ》　国の谷
29 大戸《おほと》或子神《まとひこのかみ》　窪地
30 大戸《おほと》或女神《まとひめのかみ》　窪地
（ここまで八柱の神様）
31 鳥《とり》之《の》石楠船神《いわくすふねのかみ》　天鳥船
32 大宜《おほげ》都《つ》比売神《ひめのかみ》　食物

このあと、火《ひ》之《の》迦具《かぐ》土神《つちのかみ》の出産と、それによる伊耶那美の死に関連する神様のお名前が続きますが、そのことはあとに置くとして、まずここまでの三十二柱の神様について考えてみます。

生まれた神様を順番によく見ますと、はじめに「大切なことをいいます」という前置きのようなお名前の神様（大事忍男神）があり、石と土が加工されて石でできた町並みがあり、その町並みには大きな出入り口があって、大伽藍《だいがらん》があり、風を防ぐ大きな塀があり、そこは海に面していて川もあり、大小様々な水門もあり（男女を大小様々と読んでいます）、波の激しい日も、海が凪いでいる日も、天の分水嶺《ぶんすいれい》にも、国の分水嶺にも出入りすることができ、風の神や山の神、霧や谷間や窪地から様々な神様が、天鳥船に乗って、たくさんの食べ物を持ってやってくる、といったストーリーが窺える、名前の配置になっています。

## ▼神生みのもたらす意味

このことが何を意味しているのかというと、おそらくは前節の国生みによって国中に人々（子孫）が広がったけれど、その中心となった都には、大伽藍の宮殿が置かれ、そこには大きな町並みもあって、港に面しており、波や風を防ぐ立派な港もあり、そこには国中から大小様々な食べ物などの物産が、天の鳥船と呼ばれる船によって持ち込まれていた様子が、まるで目に浮かぶように描かれていることに気付かされます。

ちなみに天の鳥船というのは、飛行機のことだという説もあるようですが、そうではなくて、まるで天を駆《か》ける鳥のように国中を往来する船舶というふうにとらえても、十分意味は通じるものと思います。

この神生みは、伊耶那美命《いさなみのみこと》が万物のもとになる様々な神様を生んだことを示すと解説されていることが多いですし、もちろんそうした読み方も正しい読み方であると思います。しかし万物は、そもそも創世の神々によって創られているのです。ということは古事記がここであらためて万物の創造を繰り返すというのは、順番としてすこしおかしい気もします。むしろ前の第五節の国生み神話が共通の祖先を持つ人々の子孫が次第に国土に広がっていった様子とするならば、本節ではその広がっていった子孫たちが本家を遠く離れて何十代も経過してもなお、血筋のもとになる本家を大切に敬《うやま》い、いまある自分たちの生への報恩感謝を忘れず、都と華やかに往来をしていた、このためそれぞれの国も都もおおいに繁栄したということを述べていると読んだ方が自然であるように思います。

最近では、子が商売に成功して大邸宅に住みながら、両親や祖父母のことなどほとんどかえりみないという個人主義が蔓延《まんえん》するようになったと言われます。けれどももともと日本人は、上古の昔から実家や本家をたいせつにしてきたし、そのことが一族みんなの繁栄と報恩感謝の心に結びついていました。そもそも血の繋がった者同士でさえ助け合わないのなら、どうして一族や民族の繁栄があるのでしょうか。そうではなく、互いに敬愛と感謝の心の往来があって、はじめて社会も安定して成長できるようになるというのが日本の古くからの考え方であったといえると思います。

## ▼火之迦具土神と豊受

さてこうして神々の生成というより、往来を記述したあとで、古事記は実に興味深いことを書いています。それが火の神の出産と、伊耶那美の死です。

まず、火の神には、同時に三つの名前が書かれています。

はじめに火之夜芸速男神《ひのやぎはやをのかみ》と書かれています。これには注釈があって「夜芸」の二字は以音です。古語で「やぎ」といえば柳のことを意味しますが、これはおそらく炎が柳の枝のようにボウボウと燃え上がっている様子とわかります。

その別名が火之炫毘古神《ひのかがひこのかみ》です。炫《かがり》という字は「衒」とも書きますが、まぶしいという意味の漢字です。赤々と燃え上がる炎がまぶしいのでしょう。

三つめが火之迦具土神《ひのかぐつちのかみ》です。迦具《かぐ》は以音で、土は、もともと地面から突き出た泥土を意味する漢字です。つまり炎が燃えて下の土を焦《こ》がして良い香りを出しているというのがお名前の意味です。

ところが、良い香りだと牧歌的なことを言いながら、その直後に火之迦具土《ひのかぐつち》は、伊耶那美の美蕃登《みほと》を炙《や》いたと書かれています。美蕃登は以音で、これは女陰のことをいいます。これを「炙いた」というのですが、この「炙」という漢字は、人肉を火で焼くことを意味する漢字です。生きたまま肉を炙かれるのですから、それは苦しいこととわかります。

このとき「多具理」から生まれたのが金山毘古神《かなやまびこのかみ》、金山毘売神《かなやまひめのかみ》と書かれています。「多具理」は以音なので、「たぐり」と読むのですが、これは吐瀉物のことをいいます。あまりの痛さに吐き気を催し、吐瀉したものから生まれたのが金山であったというのです。ちなみに、神生みのところで、男女一対で描かれる神々がたくさん登場しますが、おそらくこれは「大小様々な」といった意味を持つのであろうと思います。ですからここでも、山で採れる大小様々な金物のことが述べられているのではないかと思います。そして金物の加工には火が不可欠です。

さらに屎《くそ》の中から波迩夜須毘古《はにやすひこ》、波迩夜須毘売《はにやすひめ》が生まれたとあります。波迩夜須は以音なので「はにやす」です。屎は泥に似た固形物のことで、「はに」は、はにわの「埴《はに》」ですから、土器のことです。そうすると、ここでいう屎《くそ》というのは、人糞のことではなく、赤黄色の粘土のことであるとわかります。土器は粘土から火を用いて作られます。

次に尿から弥都波能売《みつはのめ》と和久産巣日《わくむすひ》が生まれたとあります。尿という字は、し尿の意味にも用いられますが、もともとは「尾から出る水」を意味します。その意味では、尾根からの湧き水といったもともとの意味を持つ漢字です。弥都波能売神は、水の女神だというのが通説ですが、ここには以音とは書いてありません。つまり漢字の意味を探るとその言葉の意味が見出せるはずです。そこで文字を分解してみると、
弥はもともと、満ちあふれるという意味の漢字です。

都は、人々の集まるところです。

波は、水面が斜めになっている状態、ものごとが動くさまです。

能はもともとはクマのことで、力強さを意味します。

売は、もともと足が窪《くぼ》みから出る象形で財を得ることを意味します。

つまり弥都波能売は、尾根からの湧き水のおかげで人々が集まって豊かに力強く生きて財をなしていくことを意味しているとわかります。

和久産巣日《わくむすひ》は、これはどうみても、人の和が永く結ぶこと、永遠に続く人々の繁栄です。

そしてこの和久産巣日から富宇気毘売《とようけひめ》が生まれたとあります。富宇気は、そのまま豊受《とようけ》で、豊かさを授かることです。

すると、伊耶那美が死の苦しみの中から生んだ子は、大小様々な金物であり、土器であり、それはいずれも火を使って加工して作られるものです。そして人は、その加工した金物や土器を用いることで、豊かさを授かるのだということが述べられていることがわかります。

火は、人々に火傷《やけど》をさせたり、ときに死に至らしめたりする危険なものという側面があり

ます。けれど人は、その火と上手に付き合うことで、金物や土器などの道具を手に入れることができます。その金物や土器で交易を成すこともできるし、財を得ることもできるし、またそうした道具類が人々の生活を支えます。つまり豊かさを授かるのです。

日本で電気がはじめて使われるようになった明治のはじめ、漏電《ろうでん》から我が国最初にできた木造の国会議事堂が全焼しました。またこの頃、電信柱に登って、電線で感電して転落し大怪我をする人が続出しました。このため当時、電気は危険なものだとして、電気使用の猛反対運動が起こっています。この反対運動が収まったのが大正十二年の関東大震災です。震災によって夜間の電灯が消え、東京中が夜、真っ暗闇となりました。以後、電気反対運動は、まったく説得力を失いました。

電気に限らずエネルギーは、使い方次第で人々に危険を及ぼします。けれどその一方で私たちの生活を豊かにしてくれます。いたずらに危険だからと排除するのではなく、その危険と上手に向き合って暮らしていくことの大切さを、母なる伊耶那美は、その死の苦しみの中で、後世の人々に教えてくれたのだと思います。

## 第七節　伊耶那美の葬祭

【原文】

故尓、伊耶那岐命詔之「愛我那迩妹命乎那迩二字以音、下效此」謂「易子之一木乎」乃匍匐御枕方、匍匐御足方而哭時、於御涙所成神、坐香山之畝尾木本、名泣沢女神。故、其所神避之伊耶那美神者、葬出雲国与伯伎国堺比婆之山也。

於是伊耶那岐命、抜所御佩之十拳剣、斬其子迦具土神之首。尓著其御刀前之血、走就湯津石村、所成神名、石拆神、次根拆神、次石筒之男神。三神。次著御刀本血亦、走就湯津石村、所成神名、甕速日神、次樋速日神、次建御雷之男神、亦名建布都神、布都二字以音、下效此。亦名豊布都神。三神。次集御刀之手上血、自手俣漏出、所成神名訓漏云久伎、闇淤加美神淤以下三字以音。下效此。次闇御津羽神。

上件自石拆神以下、闇御津羽神以前、并八神者、因御刀所生之神者也。

所殺迦具土神之於頭所成神名、正鹿山上津見神。次於胸所成神名、淤縢山津見神。淤縢二字以音。次於腹所成神名、奥山上津見神。次於陰所成神名、闇山津見神。次於左手所成神名、志芸山津見神。志芸二字以音。次於右手所成神名、羽山津見神。次於左足所成神名、原山津見神。次於右足所成神名、戸山津見神。自正鹿山津見神至戸山津見神、并八神。故、所斬之刀名、謂天之尾羽張。亦名謂伊都之尾羽張。伊都二字以音。

【読み下し文】
故爾《かれしか》して、伊耶那岐命《いざなきのみこと》詔らさく、「愛《うつく》しき我が那迩妹命《なにものみこと》や、那迩二字は音《こえ》を以《もち》いる。下は此《こ》れに効《なら》ふ。子の一つ木に易《か》へむと謂《おも》へや」とのらして、乃《すなわ》ち御枕方《みまくら》に匍匐《はらば》ひ、御足方《みあし》に匍匐《はらば》ひて哭きますとき、御涙《みなみだ》に成りませる神は、香山《かぐやま》の畝尾《うねを》の木の本に坐《いま》す泣沢女神《なきさはめのかみ》。故《ゆへに》、その神避《かむさ》りましし伊耶那美神《いざなみのかみ》は、出雲国と伯伎国《ははきのくに》との堺の比婆《ひば》の山に葬《はふ》りまつりき。

ここに伊耶那岐命、御佩《みはか》しませる十拳剣《とつかのつるぎ》を抜きて、その子迦具土神《かぐつちのかみ》の首《くび》を斬りましき。尓《しかして》その御刀《みかはし》の前《さき》に著《つ》ける血、湯津石村《ゆついはむら》に走り就《つ》きて成りませる神の名は、石拆神《いはさくのかみ》、次に根拆神《ねさくのかみ》、次に石筒之男神《いはつつのをのかみ》。三柱の神。次に御刀《みかはし》の本《もと》に著《つ》ける血も、湯津石村に走《はし》り就《つ》きて成りませる神の名は、甕速日神《みかはやひのかみ》、次に樋速日神《ひはやひのかみ》、次に建御雷之男神《たけみかづちのをのかみ》、亦の名は建布都神《たけふつのかみ》、布都二字は音を以いる、下これに効ふ。亦の名は豊布都神《とよふつのかみ》。三柱の神。

次に御刀《みかはし》の手上《たかみ》に集まれる血、手俣《たなまた》より漏《く》き出《い》でて成りませる神の名は、漏を訓《よ》みて久伎《くき》と云ふ、闇淤加美神《くらおみかみのかみ》、淤以下の三字は音を以いる。下これに効ふ。次に闇御津羽神《くらみつはのかみ》。上《かみ》の件《くだり》の石拆神より以下《しも》、闇御津羽神より前まで、并《あは》せて八柱の神は、御刀《みはかし》に因《よ》りてなりませる神ぞ。

殺されましし迦具土神の頭《かしら》に成りませる神の名は正鹿山上津見神《まさかやまつみのかみ》。次に胸に成りませる神の名は淤縢山津見神《おどやまつみのかみ》、淤縢の二字は音を以いる。次に腹に成りませる神の名は奥山上津見神《おくやまつみのかみ》。次に陰《ほと》に成りませる神の名は闇山津見神《くらやまつみのかみ》。次に左の手に成りませる神の名は志芸山津見神《しぎやまつみのかみ》。志芸の二字は音を以いる。次に右の手に成りませる神の名は羽山津見神《はやまつみのかみ》。次に左の足に成りませる神の名は原山津見神《はらやまつみのかみ》。次に右の足に成れる神の名は戸山津見神《とやまつみのかみ》。正鹿山津見神から戸山津見神まで并せて八柱の神。

故《ゆえ》に斬りませる刀《たち》の名は、天之尾羽張《あめのをはばり》と謂ふ。またの名は伊都之尾羽張《いつのをはばり》と謂ふ。伊都の二字は音を以いる。

**【現代語訳】**

**このとき伊耶那岐命《いさなきのみこと》は、「愛《いと》しい我が妻の命を、ひとりの子とひきかえにせよというのか」と申されながら、伊耶那美《いさなみ》の枕もとに腹ばい、あるいは足元に腹ばって泣きました。**

**このときその涙から生まれたのが、香山《かぐやま》の畝尾《うねを》の木の本においでになります泣沢女神《なきさはめのかみ》です。**

**お亡くなりになりました伊耶那美神は、出雲国（島根県東部）と伯伎国《ほうきのくに》（鳥取県西部）の堺にあります比婆山《ひばやま》に葬むられました。**

**伊耶那岐命は、腰に佩《は》いた十拳剣《とつかのつるぎ》で、その子の迦具土神《かぐつちのかみ》の首《くび》を斬りました。**

**このとき、刀の先に付いた血が、湯津石村《ゆついはむら》まで飛び散って成られたのが、石拆神《いはさくのかみ》、根拆《ねさくの》神《かみ》、石筒之男神《いはつつのをのかみ》の三柱の神様です。**

次に刀の根本に付いた血が湯津石村に飛び散って甕速日神《みかはやひのかみ》、樋速日神《ひはやひのかみ》、建御雷之男神《たけみかづちのをのかみ》となりました。この建御雷之男神は、別名を建布都神《たけふつのかみ》、または豊布都神《とよふつのかみ》といいます。ここでも三柱の神様が生まれました。

次に刀の取っ手のところに集まった血が、刀を握った手元から漏れて、闇淤加美神《くらおみかみのかみ》と闇御津羽神《くらみつはのかみ》が生まれました。

ここまでの石拆神から闇御津羽神までの八柱の神様は、刀によって成られた神様です。

一方、殺された迦具土神の頭からは正鹿山上津見神《まさかやまつみのかみ》、胸からは淤縢山津見神《おどやまつみのかみ》、腹からは奥山上津見神《おくやまつみのかみ》、陰部からは闇山津見神《くらやまつみのかみ》、左手からは志芸山津見神《しぎやまつみのかみ》、右手から羽山津見神《はやまつみのかみ》、左足から原山津見神《はらやまつみのかみ》、右足から戸山津見神《とやまつみのかみ》、あわせて八柱の神様がお生まれになられました。

そして斬った刀の名は、天之尾羽張《あめのをはばり》です。またの名を伊都之尾羽張《いつのをはばり》と云います。

【解説】

## ▼火の神とは何か

火の神である迦具土神《かぐつちのかみ》を生んだことが原因で妻の伊耶那美《いさなみ》を失った伊耶那岐命《いさなきのみこと》は、たいへんにお嘆《なげ》きになって子の迦具土神を斬り殺すと、迦具土の遺体から出た血や頭部や手足から次々と神様がお生まれになったというのが、この段のお話で、古来この段において、右手は何を意味するのかとか、左手は何を象徴しているのだとか、この段には様々な議論がなされてきています。

まず、殺された迦具土神は、夜芸速男《やぎはやを》、炫毘古《かがひこ》、迦具土《かぐつち》と三つの名前がそれぞれ、炎が柳のようにボウボウと燃え上がっている様子、まばゆく燃え上がっている様子、土が焦げて炎の香りが漂っている様子ですから、迦具土神は、どうみても炎そのものです。

そして炎によって伊耶那美は火傷を負い、お亡くなりになりました。けれど即死したわけではなく、一定期間患《わずら》ったあとにお亡くなりになられ、お亡くなりになる前には、「炎はおそろしいけれど、その火によって、私たちは大きな恵みを得ることができる。だから、大切にしなければならない」と、痛む体で教えを遺してお亡くなりになっています。そこから私たちは、伊耶那美が偉大な母であったということを読み取ることができます。

ところがこの段では、伊耶那岐が怒り嘆き悲しんで、迦具土神を斬り殺したとあります。我が子を手に掛けることもすごいことなら、すこし考えたらわかることですが、炎には頭も手も足もありません。刀で斬っても、炎は炎です。それで衰《おとろ》えることも、炎が死ぬ、つまり火が消えることもありません。火は剣で斬り殺せるものではないのです。では古事記は何を伝えようとしているのでしょうか。

これを考えるために、まず生まれたとされている神々のお名前を順に並べてみます。

### ▼迦具土から生まれた神

1　伊耶那岐命《いさなきのみこと》の涙から出現した神

(1)　泣沢女神《なきさはめのかみ》　沢のようにとめどなく泣く涙の女神

2　火之迦具土神《ひのかぐつちのかみ》の血が湯津石村まで飛んで出現

(2)　石拆神《いはさくのかみ》　岩を裂く

(3)　根拆神《ねさくのかみ》　木の根を裂く

(4)　石筒之男神《いはつつのをのかみ》　岩の穴

3　剣についた血が湯津石村まで飛んで出現

(5)　甕速日神《みかはやひのかみ》　甕《みか》は大きな壺・甕棺《かめかん》

(6)　樋速日神《ひはやひのかみ》　樋《ひ》雨といのような「とい」

(7)　建御雷之男神《たけみかづちのをのかみ》（別名）建布都神《たけふつのかみ》、豊布都神《とよふつのかみ》

4　剣の柄に溜まった血が指の間から漏れ出て出現

(8)　闇淤加美神《くらおみかみのかみ》　「闇」は谷で「淤加美」は龍で、谷で水を司る竜神

(9)　闇御津羽神《くらみつはのかみ》　「闇」は谷で「御津羽」は水辺で、谷で水を司る水神

5　殺された火之迦具土神の頭から出現

(10)　正鹿山津見神《まさかやまつみのかみ》　「正鹿」は「真坂」で山の坂

6　火之迦具土神の胸から出現

(11)　淤縢山津見神《おどやまつみのかみ》　「淤縢」は下処《おど》で胸骨のある山

7　火之迦具土神の腹から出現

(12)　奥山津見神《おくやまつみのかみ》　奥山

8　火之迦具土神の陰部から出現

(13)　闇山津見神《くらやまつみのかみ》　谷と山

9　火之迦具土神の左手から出現

(14)　志芸山津見神《しぎやまつみのかみ》　木々が茂る山

10　火之迦具土神の右手から出現

(15)　羽山津見神《はやまつみのかみ》　「ハ」は「端」で山の端

11　火之迦具土神の左足から出現

⒃ 原山津見神《はらやまつみのかみ》　原と山

12 火之迦具土神の右足から出現

⒄ 戸山津見神《とやまつみのかみ》　外山

13 火之迦具土神を斬った太刀

⒅ 天之尾羽張《あめのをはばり》（別名）伊都之尾羽張《いつのをはばり》

「おはばり」は刀を作るときに飛び散る火花、「伊都」は威勢《いせい》が良いさま

まず、伊耶那岐の涙から泣沢女神《なきさはめのかみ》が生まれたとあります。この神様は、香山《かぐやま》の畝尾《うねを》の木の本においでになると書かれています。名前からして、この泣沢女というのは、いわゆる「泣き女」であったと考えられます。「泣き女」とは、葬儀の際に盛大に泣き真似をして悲しみを表現する係の女性のことです。東洋社会では、つい近代までこの「泣き女」は広く普及していました。日本でも、古代においては葬儀に際して「泣き女」を依頼するという習慣があったのでしょう。ちなみにこの「泣き女」、泣く時間や泣き方によって料金が異なり、またその泣き方の善し悪しから、雇うに際しての料金も様々なのだそうです。

香山というのは、後の大和国の天香山のことで、畝尾は小高い丘のことです。このあとに、伊耶那美《いさなみ》を出雲国（島根県東部）と伯伎国《ほうきのくに》（鳥取県西部）の境にある比婆山《ひばやま》に葬《ほうむ》ったという

描写がありますが、伊耶那美がお亡くなりになった時点で、伊耶那岐、伊耶那美がどのあたりにお住いになられていたのかは、わかりません。ただ、遺体を葬る場所は、住まいからそんなに遠くに離れていたとは考えにくいですから、おそらくは出雲か伯伎か、そのあたりにお住まいがあったものと想像することができます。すると、そこから大和国は、はるか遠方です。そんな遠方から、わざわざ「泣き女」を呼んだとするならば、それは、おそらくその時代にあって超一流の「泣き女」であったであろうと察することができます。それだけ伊耶那岐の悲しみが深かったということであろうと思います。

このあと、石拆神《いはさくのかみ》から戸山津見神《とやまつみのかみ》まで、あわせて十六柱の神様が生まれたと記述されています。

その神様のお名前の意味するものを順番に見ていくと、まず岩を裂き⑵、木の根を裂いて⑶、大きな棺である甕《かめ》⑸を作り、そこに伊耶那美命の遺体を入れて、雨といのような太い竿（樋）⑹に下げ、豊かな都⑺を離れて、いくつもの谷をわたり（8、9）、山の坂に至り（10）、淤縢《おど》の山⑾へと向かったとあります。

⑾の、迦具土の胸から生まれたとされる淤縢山津見神《おどやまつみのかみ》の「淤縢《おど》」ですが、これは肋骨《ろっこつ》のことです。そして伊耶那美を葬ったとされる島根県安来市の比婆山には「柱状節理《ちゅうじょうせつり》」と呼ばれる、まるで肋骨のように見える巨大な岩群があります。そこからさらに山奥へとすすみ

⑿、谷や山を越えて⒀、木々が茂る⒁、山の端の平たい原⒂に盛土して⒃、火を燃やして盛大な火葬を営んだ⒅というわけです。

伊耶那美を葬ったとされる比婆山《ひばやま》は、島根県安来市にある標高三三一メートルの山と言われています。この山には、山頂に比婆山久米神社《ひばやまくめじんじゃ》があり、伊耶那美命の墳墓《ふんぼ》とされる塚もあります。また比婆＝火場であり、これは火葬した、もしくは盛大に火を焚いて野辺送りをしたと読むことができます。

ちなみに比婆山にはもうひとつ、広島県庄原市にある標高一二六四メートルの比婆山であるという説もあります。どちらの比婆山が、この舞台となったのかの断定はできませんが、「柱状節理」のことを考えると、個人的には前者の比婆山だったのではないかと思っています。

この前の方の国生み、神生みのところで、伊耶那岐、伊耶那美の子孫が国中に広がっていき、その広がった先の国々と、本家との間に盛んな交流がなされていた様子が読み取れる記述がありました。そうであれば、諸国との交流が盛んに行われた大国の国母がお亡くなりになられたのです。考えうる最大の盛大な葬儀が営まれたであろうことは、当然と言ってよいほど容易に想像がつくことです。

それについ近代まで、ちょっと田舎の方に行けば、遺骸《いがい》を埋葬地または火葬場まで運び送る「野辺《のべ》送り」は、葬祭の最も重要な儀式のひとつとされていました。「野辺送り」は、棺を中心に、前後に位牌《いはい》、天蓋《てんがい》、供《そな》え膳《ぜん》、水などを持った近親者が続き、先頭には松明《たいまつ》が掲げられます。この段には⑸甕速日神が登場しますが、「甕」といえば甕棺が約四千年前の縄文時代後期に用いられていたことが明らかになっています。

なお、この段では、最後に刀のことが書かれています。刀の名は、天之尾羽張《あめのをはばり》、別名が伊《い》都之尾羽張《つのをはばり》です。尾羽張は、刀剣鍛造の際に飛び散る閃光《せんこう》を意味するという説があります。別名にある伊都《いつ》は、「この二字は以音」と書かれていますから、大和言葉の「いつ」のことで、これは「凍《い》つ」と同じ表現です。つまり氷の刃のことです。つまりこれは相当上等な鍛造《たんぞう》の剣が、伊耶那岐、伊耶那美の時代にすでにあったということを意味しているのではないかと思います。

一方、迦具土は、火の神様ですが、火は刀では斬れません。ですから常識で考えて、火を生んだことで女陰を火傷してお亡くなりになったと書いてあっても、その行間を読むならば、むしろ何らかの火災によって、子を助けようとした伊耶那美が火傷を負ってお亡くなりになり、これを悲しんだ夫の伊耶那岐が、亡き妻のために盛大な葬儀を営んだ模様のひとつひとつが、神々のお名前となって伝わっているのだと理解した方が、より合理的な解釈になるのではないかと思います。

そしてこの時代に、すでに剣があり、土器があり、火がエネルギーとして広く用いられ、氷の刃ともいえる加工製品がすでに作られていたということが、ここで明かされています。そしてそのことが、次の節以降を読み解く大切なファクターになっていきます。

## 第八節　黄泉の国

【原文】

於是、欲相見其妹伊耶那美命、追往黄泉国。尓自殿騰戸出向之時、伊耶那岐命語詔之「愛我那迩妹命、吾与汝所作之国、未作竟。故、可還。」尓伊耶那美命答白「悔哉、不速来。吾者為黄泉戸喫。然、愛我那勢命那勢二字以音、下効此入来坐之事恐。故、欲還。且与黄泉神相論。莫視我。」如此白而還入其殿内之間、甚久難待。故、刺左之御美豆良三字以音、下効此湯津津間櫛之男柱一箇取闕而、燭一火入見之時、宇士多加礼許呂呂岐弖此十字以音、於頭者大雷居、於胸者火雷居、於腹者黒雷居、於陰者拆雷居、於左手者若雷居、於右手者土雷居、於左足者鳴雷居、於右足者伏雷居、并八雷神成居。

於是伊耶那岐命、見畏而逃還之時、其妹伊耶那美命言「令見辱吾。」即遣予母都志許売此六字以音令追。尓伊耶那岐命、取黒御鬘投棄、乃生蒲子。是摭食之間、逃行。猶追。亦刺其右御美豆良之湯津津間櫛引闕而投棄。乃生笋。是抜食之間、逃行。且後者、於其八雷神、副千五百之黄泉軍、令追。尓抜所御佩之十拳剣而、於後手布伎都都此四字以音逃来。猶追、到黄泉比良此二字以音坂之坂本時、取在其坂本桃子参箇待撃者、悉坂返也。尓伊耶那岐命、告其桃子「汝、如助吾、於葦原中国所有宇都志伎上此四字以音青人草之落苦瀬而患惚時、可助」告、賜名号、意富加牟豆美命。自意至美以音。

最後、其妹伊耶那美命、身自追来焉。尓千引石引塞其黄泉比良坂、其石置中、各対立而、度事戸之時、伊耶那美命言「愛我那勢命、為如此者、汝国之人草、一日絞殺千頭。」尓伊耶那岐命詔「愛我那迩妹命、汝為然者、吾一日立千五百産屋。」是以、一日必千人死、一日必千五百人生也。故、号其伊耶那美神命、謂黄泉津大神。亦云、以其追斯伎斯此三字以音而、号道敷大神。亦所塞其黄泉坂之石者、号道反大神。亦謂塞坐黄泉戸大神。故、其所謂黄泉比良坂者、今謂出雲国之伊賦夜坂也。

【読み下し文】

この節以降は「〇字は音《こえ》を以《もち》いる」、「下《しも》これに効《なら》ふ」等は、読み下し文でも原文通り「〇字以音」、「下効此」と表記します。

於是《ここにおいて》、其《そ》の妹《いも》伊耶那美命《いざなみのみこと》を相見《あいみ》むと欲《おもほ》し、黄泉国《よみのくに》に追ひ往《ゆ》きましき。尓《しか》て、殿の騰戸《かがりど》自《よ》

り出《い》で向《むか》ふるの時、伊耶那岐命《いざなきのみこと》語《かたり》て詔《の》らさく、

「愛《うつく》しき我《あ》が那迩妹命《なにものみこと》、吾《あれ》と汝与《いましと》で作所《つくれるところ》の国、未《いま》だ作竟《つくりを》へず。故《ゆへに》、還《かへ》る可《べし》。」

尓《しか》て、伊耶那美命答《こたへ》て白《まを》さく、

「悔《くや》しき哉《かな》、速《と》くは来《き》まさ不《ず》。吾者黄泉戸喫為《あはよもつへぐひし》つ。然《しかれど》も、愛《うつくし》き我《あ》が那勢命《なせのみこと》（那勢二字以音、下効此）入《い》り来坐《きま》せる事恐《ことかしこ》し。故《ゆへに》、還《かへ》らむと欲《おも》ふ。且《しまら》く黄泉神《よもつかみ》与《と》相論《あげつら》はむ。我《あ》を莫視《なみ》ましぞ。」

如此《かくのごとき》白《まを》して、其殿《そのとの》の内《うち》に還《かへ》り入《い》りし間《あひだ》、甚久《いとひさし》くて待《ま》ち難《かた》し。故《ゆへ》に、左《ひだり》の御美豆良（三字以音、下効此）に刺《さ》せる湯津津間櫛《ゆつつまくし》の男柱《をはしら》一箇《ひとつ》取《と》り闕《か》きて、一火《ひとつひ》燭《とも》して入《い》り見《み》ます時《とき》、宇士多加《うじたか》礼許呂呂岐弖《れころろきて》（此十字以音）、頭《かしら》には大雷《おほいかづちを》居り、胸《むね》には火雷《ほのいかづちを》居り、腹《はら》には黒雷《くろいかづちを》居り、陰《ほと》には拆雷《さくいかづちを》居り、左手には若雷《わかいかづちを》居り、右手には土雷《つちいかづちを》居り、左足には鳴雷《なりいかづちを》居り、右足には伏雷《ふしいかづちを》居り、并せて八《やくさ》の雷神《いかづちかみな》成《を》り居りき。

於是《ここにおいて》伊耶那岐命、見《み》て畏《かしこ》みて逃還《にげかへり》ます時、其《そ》の妹《いも》伊耶那美命言《まを》さく、

「吾《あ》に辱《はじ》令見《み》せつ。」

即《すなは》ち、予母都志許売《よもつしこめ》（此六字以音）を遣《つかは》して追《お》は令《し》めき。尓《しか》して伊耶那岐命、黒御鬘《くろみかずら》を取りて投《な》げ棄《う》つると、乃《すなは》ち蒲子《えびかづらのみ》生《な》りぬ。是《これ》を摭《ひ》り食《は》むの間に、逃《に》げ行《ゆ》く。猶《なほ》追《お》ふ。亦《また》その右の御美豆良《みみづら》に刺《さ》させる湯津津間櫛《ゆつつまくし》を引《ひ》き闕《か》きて投《な》げ棄《す》つる。乃《すなは》ち、笋《たかみな》生《は》へぬ。是抜《これぬ》き食《は》む間《あひだ》に、逃《に》げ行《ゆ》く。

且後《またのち》には、その八《やくさの》雷神《いかづちのかみ》於《に》、千五百《ちいほ》の黄泉軍《よもついくさ》を副《そ》へて、追《お》は令《し》めつ。尓《しか》して御佩《みはか》せるところの十拳剣《とつかのつるぎ》を抜《ぬ》きて、後手於布伎都都《しりへでにふきつつ》（此四字以音）逃《に》げ来《く》。猶追《なほお》ひて、到黄泉比良《よもつひら》（此二字以音）坂《さか》の坂本《さかもと》に在《あ》る桃子三個《もものみみつ》取らして待《ま》ちて撃《うて》ば、悉坂《ことごとさか》へ返《かへり》つ也《なり》。尓《しかし》て伊耶那岐命、その桃子《もものみ》に告《の》らさく、

「汝《なれ》、吾《あれ》を助《たすけ》しが如《ごと》く、葦原中国《あしはらのなかつくに》於有《にあらゆ》る宇都志伎上《うつくしき》（此四字以音）青人草《あおひとくさ》の苦《くる》しき瀬《せ》に落《お》ちて患《うれ》ひ惚《なや》む時、助《たす》く可《べし》」と告《の》らして、名号《な》は意富加牟豆美命《おほかむつみのみこと》と賜《たま》ひき。（自意至美以音）。

最後《いやはて》に、その妹《いも》伊耶那美命、身自《みずから》追《お》ひ来《きた》る。尓《しか》して千引石《ちびきいは》をその黄泉比良坂《よもつひらさか》に引《ひ》き塞《ふさ》ぎ、その石《いは》を中に置き、各《おのおの》対立《むかひたち》て、事戸《ことど》度《わた》すとき、伊耶那美命言《まを》さく、

「愛《うつくし》き我《あ》が那勢命《なせのみこと》、為如此者《かくせば》、汝《いまし》の国の人草《ひとくさ》、一日《ひとひ》に千頭《ちかしらくび》絞り殺《ころ》さむ。」

尓《しか》して伊耶那岐命詔《の》らさく、

「愛《うつくし》き我《あ》が那迩妹命《なにものみこと》、汝然為《いまししかりせ》ば、吾一日《あれひとひ》に千五百《ちいほ》の産屋《うぶや》を立《た》てむ。」

是以《これをもちて》、一日《ひとひ》に必《からな》ず千人《ちたり》死《し》に、一日《ひとひ》に必《かなら》ず千五百人《ちいほたり》生《う》まるなり。故《ゆへに》、その伊耶那美神命を号《なづ》けて、黄泉津大神《よもつおほかみ》と謂《い》ふ。亦云《またいは》く、その追ひ斯伎斯《しきし》（此三字以音）を以《もち》て、道敷大神《ちしきのおほかみ》と号《なづ》く。亦《また》その黄泉坂《よもつさか》を塞《ふさ》ぐ所《ところ》のその石は、道反大神《ちかへしのおほかみ》と号《なづ》く。亦黄泉戸《またよみど》に塞坐大神《さやりますおほかみ》とも謂《い》ふ。故《ゆへ》に、その謂《い》は所《ゆ》る黄泉比良坂《よもつひらさか》は、今《いま》に出雲国《いずものくに》の伊賦夜坂《いふやさか》と謂《い》ふ也《なり》。

【現代語訳】

伊耶那岐命《いざなきのみこと》は、その妹《いも》の伊耶那美命《いざなみのみこと》を相見《あいみ》たいと欲して、黄泉の国《よみのくに》に追って往《ゆ》きました。黄泉の国の御殿の縢戸《かがりど》を挟んで向かい合った伊耶那岐命は、「愛《いと》しき我が妻よ、私と汝《いまし》とで作っている国は、まだ作りおえていない。だから一緒に還《かえ》ろう」と言いました。すると伊耶那美命が答《こた》えました。

「悔《くや》しいことです。なぜもっと速くに来てくれなかったのでしょう。私は黄泉戸喫《よもつへぐぐひ》をしてしまいました。けれど、せっかく愛しい我が夫がここまで入ってこられたのは、とっても恐れ多いことですから私も還《かえ》りたいと思います。しばらく黄泉神《よもつかみ》と相談してきます。その間、あなたは私を見てはいけません。」

このように申して、伊耶那美はその御殿の内に還っていきました。伊耶那岐は長い時間待ちました。ついに待ちきれなくなり、左の美豆良《みずら》に刺した湯津津間櫛《ゆつつまくし》の男柱《おばしら》をひとつ折り取ると、そこに火を灯して御殿に入り、中の様子を窺いました。

すると伊耶那美には、ウジがたかり、許呂呂岐《ころろき》て、

頭には大雷《おおいかづち》

胸には火雷《ほのいかづち》

腹には黒雷《くろいかづち》

陰には拆雷《さくいかづち》
左手には若雷《わかいかづち》
右手には土雷《つちいかづち》
左足には鳴雷《なりいかづち》
右足には伏雷《ふしいかづち》

と、あわせて八つの雷神が成っていました。

これを見た伊耶那岐命が畏《おそ》れて逃げ還ろうとすると、伊耶那美命は、

「吾《わ》れに辱見《はじみ》せつ。」

と、予母都志許売《よもつしこめ》を遣《つかは》して伊耶那岐を追わ令《し》めました。

そこで伊耶那岐命が、黒御鬘《くろみかずら》を取ってこれを投《な》げ棄《う》てますと、そこに蒲子《えびかづらのみ》が生《な》りました。予母都志許売《よもつしこめ》たちが、これをむしり取って食べている間に、伊耶那岐は、さらに逃《に》げました。けれど、再び予母都志許売《よもつしこめ》たちが追ってきます。そこで今度は右の御美豆《みみづら》に刺してあった湯津津間櫛《ゆつつまくし》を引《ひ》き抜いて、これを折って投《な》げ棄《す》てると、今度はそこに笋《たかみな》が生《な》りました。予母都志許売《よもつしこめ》たちが、これをむしり取って食べている間《あひだ》に、伊耶那岐は更に逃《に》げました。

すると今度は伊耶那美は、八雷神《やくさのいかづちのかみ》に千五百の黄泉軍を副えて、伊耶那岐を追わしめました。伊耶那岐は、腰に佩《は》いた十拳剣《とつかのつるぎ》を抜《ぬ》くと、後手に払いながら逃《に》げました。それで

もなお追ってくるので、黄泉比良坂《よもつひらさか》の坂の本にあった桃子《もものみ》を三個取って、黄泉軍を待って撃ちました。すると黄泉軍はことごとく逃げて行きました。

こうして伊耶那岐命は、その桃子《もものみ》に次のように告げました。

「おまえが吾《われ》を助《たす》けたように、葦原中国《あしはらのなかつくに》に有る宇都志《うつくし》き青人草《あおひとくさ》が苦《くる》しい瀬《せ》に落《お》ちて患《わずら》い惚《なや》むときに助《たす》けておくれ。」

そして桃子に、意富加牟豆美命《おほかむつみのみこと》という名を賜《たまわ》れました。

最後に妹《いも》伊耶那美命が、みずから追《お》って来ました。

そこで伊耶那岐は、千引石《ちびきいわ》を黄泉比良坂《よもつひらさか》に引《ひ》いてきて坂を塞《ふさ》ぎました。こうしてその千引石を中にはさんで、伊耶那岐と伊耶那美が向かい立ちました。伊耶那美命が言いました。

「愛《うつくし》き我《あ》が那勢命《なせのみこと》、このようにするならば、汝《いまし》の国の人草《ひとくさ》を一日に千頭《ちかしらくび》絞り殺《ころ》しましょう。」

伊耶那岐命が答えました。

「愛《うつくし》き我《あ》が那迩妹命《なにものみこと》よ、汝《いまし》がそのようにするならば、吾《あれ》は一日に千五百《ちいほ》の産屋《うぶや》を建てよう。」

これをもって一日に必ず千人が死に、一日に必ず千五百人が生《う》まれるようになりました。

これゆえ、伊耶那美神の命《みこと》を名付けて、黄泉津大神《よもつおほかみ》と云います。

また、その追ってきたことをもって、道敷大神《ちしきのおほかみ》と名付けられています。また黄泉坂《よもつさか》を塞《ふさ》い

**だ石は、道反大神《ちかへしのおほかみ》と名付けられました。また、黄泉の戸を塞《ふさ》ぐ大神《おほかみ》とも云います。この黄《よ》泉比良坂《もつひらさか》は、いまの出雲国《いずものくに》の伊賦夜坂《いふやさか》とのことです。**

**【解説】**

亡くなって野辺送りまでした伊耶那美《いさなみ》ですが、夫の伊耶那岐《いさなき》は、その妻のことを忘れられず、妻を連れ戻そうと黄泉の国にまで迎えに行きます。ところが黄泉の国の妻の様子を見てしまった伊耶那岐は、そこを逃げ出し、伊耶那美らに追われて、黄泉比良坂で最後のお別れをする、というのが、この段です。

**▼謄戸**

はじめに、伊耶那岐が黄泉の国まで行き、そこで「殿の謄戸《かがりど》自《よ》り出《い》で向《むか》ふる（原文：尓自殿謄戸出向）」とあります。

殿というのは、偉い人のいるお屋敷です。

「謄戸《かがりど》」は、殿舎の閉ざした戸であるという説、古墳の羨道《えんどう》（墳丘の側面から石室に至る横穴式トンネルのこと）ではないかという説、喪屋《もや》の入り口とする説などがあります。「謄」

という字の訓読みは、服にボタンをつけるときなどの「かがる」ですが、他に「ちぎり」と読ませる本もあります。

昔は大きなお屋敷の門の脇には門番の詰め所があり、この詰め所のことを「かがり屋」と言い、門番が出入りするために設けられた、観音開きの大きな門の脇の小さな通用口の扉が「かがり戸」です。

すると黄泉の国の宮殿の門の脇の門番の詰め所で、伊耶那岐が、伊耶那美を呼び出してもらい、その「かがり戸」のところで、「かがり戸」を挟んで、伊耶那岐が伊耶那美命と対話したという情景が浮かびます。このことを原文は「殿縢戸出向之時」と書いているのであろうと思います。

## ▼那迩妹命、那勢命

対面した伊耶那岐《いさなき》は、妻に「愛《うつく》しき我《あ》が那迩妹命《なにものみこと》」と呼びかけ、伊耶那美《いさなみ》は夫のことを「愛《うつく》き我《あ》が那勢命《なせのみこと》」と呼びかけています。

那迩妹《なにも》は、もともと大和言葉の「なにも」なのでしょうが、現代では意味がわからなくなっている大和言葉です。ところが古事記は、このように古くて意味がわからなくなっている言葉でも、これを意図して漢字にしてくれていることで、私たちにその意味を伝えてくれています。そこで漢字を見ると、「那」は、しなやかに垂れた糸や毛のある村邑《そんゆう》です。迩は「近い」です。「妹」は、兄弟姉妹の妹ですが、結ばれた妻は、血の繋がった妹と同じ身内という認識です。つまり「那迩妹」は、「村で待っていてくれる、自分に一番近い存在の、美しい髪を持ち、糸を紡《つむ》いでくれる愛《いと》しい妻」という意味とわかります。さらにこれに「愛《うつく》しき」と言葉を添えているのですから、伊耶那岐がどんなに妻をいとしく思っていたかがわかります。

一方、妻から夫への「那勢命《なせのみこと》」は、「以音」とありますから、漢字に意味はありません。しかし大和言葉の「な」と、漢字の那が一致することが、前の「那迩妹」でわかりますから、「那」は同じ村に住む配偶者や兄弟姉妹を意味するとわかります。続く「せ」は、古語で名詞の「せ」、兄や夫を意味します。そこから「同じ村に住む愛する夫」という意味とわかります。そして、やはり「愛《うつくし》き」と呼びかけています。

古事記は、「愛」という字を「うつくしい」と読ませているわけですが、「愛」の訓読みは一般に「いとしい、めでる、おもう」です。「めでるようにいとしくおもうこと」が「愛」であり、それを「うつくしい」と読んだ古代の日本人の言語感覚の美しさを感じます。

## ▼黄泉戸喫

妻を愛する夫は、妻に、「まだお前との国生みは終わっていない。だから一緒に帰ってきておくれ」と話しかけています。ところが伊耶那美《いさなみ》は「自分はもう黄泉戸喫《よもつへぐぐひ》をしてしまったから、黄泉神に相談しなければ帰れない」と答えます。

「黄泉戸喫《よもつへぐぐひ》」というのは、「黄泉の国の戸の内側で食事をした」ということです。黄泉の国は死者の国と言われていますが、死者の世界の食事を摂ることによって死者の仲間入りをして現世に帰れなくなるという神話は、ギリシャのペルセフォネ神話をはじめ、世界的に分布しています。

ところが日本では、特に死者の国に限定することなく、一緒に食事を摂り、同じものを食べることで互いの命が繋がると考えられていました。いまでも少し田舎の方に行けば、神社で神事があったあと、神棚にお供えした御神酒《おみき》やお米を式典終了後に神棚から下げて、皆でいただきます。これが「直会《なおらい》」です。神様にお供えしたということは神様に召し上がっていただいたわけで、それを今度は祭祀に参加した皆でいただくことで、私たちの命が神様と繋がり、また参加した皆とも繋がると考えられているのです。

このことは、大嘗祭《おおなめさい》や新嘗祭《にいなめさい》における天皇の神事にも関係しています。大嘗祭や新嘗祭では、天皇が斎戒《さいかい》を重ねたうえで天照大御神《あまてらすおほみかみ》に神饌《しんせん》を柏の葉に乗せて献上します。そして天皇は、それを天照大御神とご一緒に食されます。こうすることで天照大御神と天皇がひとつになられます。つまり一緒にものを食べるということは、まさにその国の人と一体になることであり、このことは民間においても、いまでも「同じ釜の飯を食った仲間」といった言葉に表わされています。

ちなみにその柏の葉の上に新米のご飯を乗せて召し上がるという伝統ですが、これは国の最高神に食事を献上するわけです。ということは、普通常識で考えれば、最も上等かつ神聖な食器の上にご飯を盛り付けて献上するはずです。ところがそれが柏の葉なのです。これは日本にまだ土器が生まれる前の時代からの伝統を受け継いでいるものであるといわれています。ちなみにお箸も、今使われているような二本の棒状のものではなくて、竹ひごを曲げてトングのような形にした古代箸が使われます。日本最古の土器がいまから一万六千五百年前、八千年前には、漆塗りの土器が普及しています。そうすると、土器がまだなかった時代から続くといわれているこの神事は、いったいいつ頃から続く神事なのでしょうか。

## ▼湯津津間櫛

伊耶那美《いさなみ》は、自分が黄泉神と相談をしている間、決して自分の姿を見てはなりませんといって、御殿の奥に引っ込みます。伊耶那岐《いさなき》はそれを表で待つのですが、「見るな」と言われるとどうしても見たくなるのが男というものです。待ちきれない伊耶那岐は、「左の美豆良《みずら》に刺した湯津津間櫛《ゆつつまくし》の男柱《おばしら》をひとつ折り取ると、そこに火を灯《とも》して御殿に入り、中の様子を窺いました」とあります。

美豆良というのは、古代における、髪の毛を耳の両脇に束ねた髪型のことです。「湯津津間櫛」というのは、「湯津」が「斎《ゆ》つ」で、神聖なという意味です。「津間櫛《つまぐし》」は、爪のようなカタチをした歯の長い櫛《くし》のことで、「男柱」は、その櫛の両端にある太い部分をいいます。

伊耶那岐は、これを手折って火を灯して、暗がりの門の中を入っていくわけです。そこで伊耶那岐は、見てはならないものを見てしまいます。

## ▼許呂呂岐て

伊耶那岐《いさなき》が御殿の中で見たのは、「燭一火入見之時、宇士多加礼許呂呂岐弖《ころろきて》（此十字以音）」です。ここは「以音」ですから「うじたかれ、ころろきて」です。「うじ」は「蛆虫《うじむし》」で、「たかれ」は「集《たか》れ」です。

そこから一般にはここは、「宇士多加礼許呂呂岐弖」は、「ウジがたかって、コロコロと音を立てている」と訳されるのですが、原文は「許呂呂岐」であって、「コロコロ」ではありません。「ころろき」は漢字で書いたら「嘶き」で、この字は「ころろき、ひひらき、いななき」などと読みます。「いななく」は馬が鳴くこと、「ひひらき」や「こころき」は「しゃべる話し声」です。

そもそも古事記は、「蛆」という字を使っていないのです。わざわざ「宇士多加礼許呂呂岐弖」と書き、その後に「此十字以音」と注釈しているわけです。それにもし「宇士多加礼《うじたかれ》」が蛆虫なら、「許呂呂岐弖」の説明がつきません。そもそも蛆虫は、たくさん湧いても、コロロと音はたてません。

ということは、ここは原文通り読むならば、「まるで蛆が湧いたように大勢の人が密集してガヤガヤとざわめいている様子を見た」という意味になります。

### ▼八つの雷神

続く文章は、原文では「於頭者大雷居、於胸者火雷居、於腹者黒雷居、於陰者拆雷居、於左手者若雷居、於右手者土雷居、於左足者鳴雷居、於右足者伏雷居」です。大勢が密集しているところで、その頭に於いては、胸に於いては、腹に於いては等々とありますが、それらひとつひとつに相対して雷の名前が付されています。一覧にすると次のようになります。

頭　大雷（おおきな雷）
胸　火雷（火のような雷）
腹　黒雷（黒い雷）
陰　拆雷（裂けた雷＝さけかみなり）
左手　若雷（若い雷）
右手　土雷（土の雷）
左足　鳴雷（鳴る雷）

右足　伏雷（伏せた雷）

さて、大雷や火雷、鳴雷は字を見ればどのような雷か想像がつきます。拆雷（裂けた雷）も、なんとなくイメージできるかもしれません。しかし黒雷、若雷、土雷、伏雷は、いったいどのような雷のことを言うのでしょうか。少なくとも気象上の自然現象としての雷には、ありそうにない雷です。古事記の解釈によっては、このことは伊耶那岐《いさなき》が禁忌《きんき》を破った心の穢《けが》れを意味しているという説もありますが、そもそも伊耶那岐は大神です。穢れとは程遠い、もっとはるかに高貴な存在です。その大神様に、人が穢れ呼ばわりするとは、あまりに失礼です。これは、「宇士多加礼許呂呂岐弖」の解釈を、そもそものところで「蛆虫が湧いてたかってコロコロと音をたてていた」と間違えた解釈をしたことによる誤解ではないかと思います。

そうではなく、伊耶那岐が御殿の内側で見たものが、大勢の人が密集してざわめく様子であるとするならば、この雷は、逆にたいへんにわかりやすい描写となります。なぜならこのすぐあとに出てくるのですが、この八雷神は、千五百の軍団を率《ひき》いていると古事記は書いているのです。

また「雷」という字は、「いかずち」と読みます。そして「いかずち」とは、「厳《いか》つ霊《ち》」です。これは魔物のことです。

このことをそれぞれの雷の配置と合わせて考えると、おおよそ次の様子が浮かび上がります。

まず、一番奥には魔物たちの総大将がいます。その手前には真っ赤な鎧《よろい》を着た魔物の副将、そのまた手前には黒い鎧を着た魔物の准将《じゅんしょう》、そのまた手前には兵を率いて裂けたような力タチをした大槍を手にした軍団長、その左手には若い闘将、右手には土色の鎧を着た闘将、そのまた手前には軍楽隊、反対側には、膝をついた魔物たちの千五百の大軍団がいた、という様子が見事に浮かび上がります。

つまり伊耶那岐が火を灯して縢《かが》り戸を開けて、暗い門の内側に入ると、そこには、広い中庭があり、千五百の軍団が控えていたわけです。

さてこの段は、伊耶那美《いざなみ》が、いわゆる腐乱《ふらん》死体状態にあり、遺体に蛆がたくさんたかっている様子を描いたものとされているところです。ですから古事記の研究者の方には、これまでと違った右の読み取りは、あまりに意外なものに感じられるかもしれません。

しかし、古事記は、仮に上古の言葉が失われたとしても、漢字や言葉の意味をひとつひとつ丁寧《ていねい》にたどることで、その真意が失われないようにと配慮して書かれた書です。そしてその通りに丁寧に読んでいけば、やはり右の解釈に至らざるを得ないのではないかと思います。それにそもそも、伊耶那美は大神であり、神様の中のさらに祖《おや》の神様です。いたずらに腐乱死体などという読み方をする方が、私にはむしろご不敬に思えます。さらにいうなら、前の段で伊耶那美はお亡くなりになられたあと、葬儀まであげ、野辺送りまでして埋葬《まいそう》しているわけです。そして伊耶那岐が行った先は、黄泉国《よみのくに》とは書いてありますが、そこが死者の国とか、棺の中とはどこにも書いてありません。

伊耶那岐、伊耶那美は、淤能碁呂島《おのころじま》に降り立つ前は、天の川に立つくらいの大きさも形もない神様です。ところが「成り成りて」のときには、はっきりと肉体を持っています。そして国生みは、国土を生んだというよりも、子孫が増えて各地に散っていった様子であり、神生みはその子孫たちが繁栄した様子とするならば、そこまで行くには、何百年、何千年という歳月を要しているであろうと読むことができます。そうであるならば、ここでお亡くなりになられたと書かれている肉体を持った伊耶那美は、初代伊耶那美神から数えて、何十代、何百代目の伊耶那美であった可能性が高いと見るべきであろうと思います。

もちろん、この意見には、反対の方もおいでになろうかと思います。あくまでも伊耶那岐、伊耶那美は、同一の存在であり、伊耶那美はすでに死んだのだから、黄泉の国は死者の国であり、伊耶那岐が見たのは腐乱死体であるという説にこだわる方もおいでになるものと思います。

けれどそれをいうなら、では死者の国が、なぜ黄色い泉の国なのでしょうか。また、雷《いかずち》は、何を意味するのでしょうか。

## ▼我に辱見せつ

雷《いかずち》たちを見た伊耶那岐《いさなき》は、「見て畏《おそ》れて逃げ還《かえ》ろうとすると」とあります。それに気付いた伊耶那美《いさなみ》は、そこで「吾に辱令見せつ（原文：令見辱吾）」と述べています。

ここは不自然な表現です。「辱」は「恥」とは異なります。「恥」ならば、たとえば女性が裸を見られて「恥ずかしい」と述べるように、ただ自分がきまりの悪い思いをしたというこ とになります。人は恥ずかしいときに、気持ちが耳に出て、耳まで真っ赤になりますが、それを文字にしたのが「恥」だからです。

ところが「辱」は訓読みが「はずかしめ」です。単に自分の外聞《がいぶん》が悪いとか人聞きが悪いとかいうだけでなく、自分の名誉が傷つけられた、屈辱的な仕打ちを受けたというときに使われる字です。

つまり伊耶那美は、自分が「辱《はずかしめ》を受けた」と言っているのであって、「恥《は》ずかしい思いをした」と言っているのではありません。

もし、伊耶那美が腐乱死体状態にあり、その姿を見られて恥ずかしい思いをしたというのなら、ここで使われるべきは「恥」です。けれど「辱」が使われているということは、伊耶那美は、黄泉の国において伊耶那岐の行動から、「耐え難《がた》い屈辱を受けた」と感じたということになります。

もし、伊耶那岐が見たものが戦《いくさ》仕度の軍団であったのなら、軍団の側から見れば、伊耶那岐は他国の者であるだけに、スパイに来たと誤解されても仕方ありません。伊耶那美が、すでに黄泉戸喫《よもつへぐひ》して、黄泉の国の人になっていたとするならば、これは伊耶那美の黄泉の国における名誉が傷つけられる、まさに「辱めを受けた」事態となります。

## ▼予母都志許売《よもつしこめ》

怒った伊耶那美《いさなみ》は、「予母都志許売《よもつしこめ》を遣《つかは》して伊耶那岐《いさなき》を追は令《し》めき」とあります。

「予母都志許売《よもつしこめ》」というのは、単純に「黄泉の国の醜女」と訳されることが多いのですが、それならばどうして古事記は、「黄泉醜女」と書かずに「予母都志許売」と書いたのかが疑問です。これは注釈があって「此六字以音」とあります。ですから「よもつしこめ」と読むことは間違いのないことだと思います。別なところでは「黄泉軍《よもついくさ》」という表現もありますから、城の軍団とは、違った何かを伝えるために、ここで意図して「予母都志許売」と書いていることになります。

この「予母都志許売」たちは、伊耶那岐が食べ物を投げると、その食べ物に飛びついたという様子が描かれています。つまりこの女性たちは、相当お腹を空かせた女性たちであるとわかります。

武装する集団が、村の食べ物を奪い、また働き手となる男性たちを強制徴用《ちょうよう》すれば、村に残された女たちは飢《う》えてガリガリに痩せ細り、まるで餓鬼か幽鬼のような姿になります。このことは、いまでも世界各地の紛争地帯に見られる姿です。そしてそのような飢えた女性たちのいるエリアを、身なりのよい伊耶那岐が通れば、食べ物をわけてもらおうと飢えた人々が群がることは十分に起こりうることといえます。もしかすると、ここに述べられている「予母都志許売」というのは、そういう人々のことであったのかもしれません。伊耶那岐は、そのような人々に、蒲子《えびかづらのみ》を与え、笋《たかみな》を与えたとあります。蒲子《えびかづらのみ》はブドウ、笋はタケノコのことであるとされています。ただ、あえて「えびかずらのみ」、「たかみな」と書いていることからすると、伊耶那岐は、単に所持していた食べ物を彼女たちにわけ与えただけでなく、その種子や切り株を与えることで、税として収奪《しゅうだつ》されない植物を育てて、彼女たちが先々にも食べ物を得ることができるようにと、おそらく指導したのであろうということがわかります。気味の悪いほどにまで痩せ衰え、ある意味不潔極まりない状態になっていた黄泉の民衆に、伊耶那岐はどこまでも慈悲《じひ》深く接しようとしていたということを、ここの短い表記から読み取ることができます。また、そのことを強調するために「黄泉醜女」を意図して「予《よ》母《も》都《つ》志《し》許《こ》売《め》」と表記したのであろうと思います。

## ▼千五百の黄泉軍と桃子

「予母都志許売」たちが食べ物に取り付いている間に、必死で逃げる伊《い》耶《さ》那《な》岐を、今度は千五百の黄泉軍が追いかけてきます。伊耶那岐は、後ろ手に剣を振りながら逃げたとありますが、後ろから弓を射掛けられれば、飛んでくる矢は後ろ手に振り払うしかありません。

そして古事記は、黄泉比良坂《よもつひらさか》の坂の本までたどり着いたとき、そこにあった桃子《もものみ》を三個取って、黄泉軍を待って撃つと、黄泉軍はことごとく逃げて行ったと書いています。

しかし相手は千五百の大軍です。桃の実を三個投げつけたくらいで、果たして軍団は去ってくれるものなのでしょうか。もしかするとこれは、村落の入り口付近に三本の桃の木がある村に逃げ込み、その村人たちの協力を得て、軍勢を迎え撃ったということかもしれません。

なぜなら伊耶那岐は、「私を助けたように、葦原中国《あしはらのなかつくに》のあらゆるうつくしき青人草《あおひとくさ》が、苦しんで患《うれ》い惚《なや》むときに助《たす》けてやっておくれ」と、桃子たちに「意富加牟豆美命《おほかむつみのみこと》」という名まで与えているからです。

ちなみに「桃」は「もも」と読みますが、「百」も「もも」と読みます。そして「済」は「なる」と読みます。つまり「百済」と書いて訓読みは「ももがなる」です。もしかするとこのとき「意富加牟豆美命《おほかむつみのみこと》」と勇気を讃えられた人々が、後の百済人となっていったのかもしれません。ただ、ここでは、単に「桃」は「もも」と読むという解釈にとどめて、話を先にすすめたいと思います。

### ▼千引岩の対話

千五百の軍団を撃退すると、最後に妹《いも》の伊耶那美命《いさなみのみこと》が、みずから追いかけてきます。伊《い》耶那岐《さなき》が、千引石《ちびきいわ》で黄泉比良坂《よもつひらさか》を塞《ふさ》ぐと、伊耶那美命が岩の向こうから次のように言います。

「愛《うつくし》き我《あ》が那勢命《なせのみこと》、このようにするならば、汝《いまし》の国の人草《ひとくさ》を一日に千頭《ちかしらくび》絞り殺《ころ》しましょう。」

これに伊耶那岐命が答えます。

「愛《うつくし》き我《あ》が那迩妹命《なにものみこと》よ、汝《いまし》がそのようにするならば、吾《あれ》は一日に千五百《ちいほ》の産屋《うぶや》を建てよう。」

ここにある黄泉比良坂は、死者の国と、現実の世界の境目といわれていますが、これまでの一言一句の解釈から、かならずしも、黄泉の国は死者の国とばかりはいえないかもしれません。それに、もともと妻を迎えるために、あるいは取り戻すために、伊耶那岐は黄泉の国まで行ったのです。そうであるならば、伊耶那美の方からあとを追ってやってきてくれたのならば、むしろそれは歓迎すべきことであって、岩で塞ぐ理由はありません。このことから、おそらくこれまでの古事記の解釈では、伊耶那美が腐乱死体状態のおそろしい姿で追ってきたから岩で塞いだのだと解釈されてきたのではないかと思います。

しかし、「宇《う》士《じ》多《た》加《か》礼《れ》許《こ》呂《ろ》呂《ろ》岐《き》弖《て》」が、大勢がざわめく様子と読むならば、伊耶那美の姿は、やはり昔のままの美しい姿であったはずで、やはり、それを岩で塞ぐのは、おかしな話となります。

むしろこの場合、二度と、黄泉の国の軍団に攻め込まれないようにと、千人がかりで牽《ひ》かなければならないほどの大岩で、街道を塞いだと解釈した方が、より合理的な解釈となろうかと思います。伊耶那美は、もとのままの美しい姿です。

その伊耶那美が、言います。

「愛《うつくし》き我《あ》が那勢命《なせのみこと》、為如此者《かくせば》、汝《いまし》の国の人草《ひとくさ》、一日《ひとひ》に千頭《ちかしらくび》絞り殺《ころ》さむ。（原文：愛我那勢命、為如此者、汝国之人草、一日絞殺千頭）」

「愛《うつくし》き我が那勢命」というのは、いまふうに言えば「私の愛する夫よ」です。けれど伊耶那美は、「おまえの国の民を、これから毎日千人縊《くび》り殺す」というのです。これはおだやかではありません。もしどこかの国が、「おまえの国の民を、これから毎日千人ずつ縊り殺す」と宣言したのなら、これは明らかなテロ宣言です。現代の世界であれば、「そんなことはしないで、話し合いましょう」と回答するか、その話し合いができないとなれば、戦争するしかありません。

ところがこのときの伊耶那岐は、「わかった。それなら私は毎日千五百の産屋《うぶや》を建てよう」と答えています。

「産屋を建てる」というのは、古代においては出産の際に、出産専用の小屋を建てて、そこでお産をしたことに由来します。男は、どんなときでも、家族のために立派に働き続けるということが、この「産屋を建てる」という言葉にあります。そして千五百の産屋を建てるということは、殺される以上に、多くの子をなそうという宣言でもあります。

どこかの国の政治工作によって、日本人の魂や心が、毎日千人失われる事態となったとしても、日本は、努力して千五百人の日本人の魂を持った日本人を育てる、その努力をする、という回答です。日本の心の多くが失われつつある昨今《さっこん》、これはまさに私たちが目指し、学ばなければならない道のりであろうと思います。

### ▼黄泉津大神・道敷大神・道反大神

「千人縊り殺す」、「千五百の産屋を建てよう」という対話のあと、古事記は「故、号其伊耶那美神命、謂黄泉津大神」と書いています。「故《ゆへに》、その伊耶那美神命を号《なづ》けて黄泉津《よもつ》大神《おほかみ》と謂《い》ふ」と読み下します。伊耶那美《いさなみ》は、創生神の一角ですので、これを「大神」と記すこと自体はよくわかる話ですが、「黄泉津」という表現は、ここではじめて出る表現です。「黄泉」は黄泉の国とわかります。しかしそうであれば、黄泉大神と書いてもよさそうなものです。なぜ「黄泉津」なのでしょうか。

「津」という漢字は、人が船を漕《こ》いでいる様子の絵柄が漢字になった会意形声文字です。古い甲骨文字《こうこつもじ》の書体を見ると、まさに小舟を櫂《かい》を持った船頭さんが漕いでいる姿の象形文字です。古事記はここで黄泉津大神に「以音」と注釈を付けていませんから、まさにその「津」という漢字に注意を払う必要があるということになります。

すると「黄泉津大神」というのは、「黄泉の国から船を漕いでやってきた大神」という意味とわかります。そうでなければ、「津」を挿入《そうにゅう》する必要がないからです。つまり伊耶那美大神は、伊耶那岐《いさなき》を追ってきて最後のお別れをしたとき、陸上を雷に率いられた黄泉軍が追撃してきたときと異なり、伊耶那岐のあとを船に乗って追いかけてきたことになります。

さらに古事記は、その伊耶那美が「その追ってきたことをもって、道敷大神《ちしきのおほかみ》と名付けられた（原文：亦云以其追斯伎斯而号道敷大神）」と書いています。「敷」は「追いつく」意味だと書いている本もありますが、この字の成り立ちに、そのような意味はありません。「敷」の字源は「一面に平らに広げること」で、そうすると「道敷」は一面に平らな道を開いたという意味になります。もし、伊耶那美が黄泉の国から船でやってきたのなら、まさに水面は「平らな道」です。そのときの航路が、新たな黄泉の国との交易路のような道（航路）となったといった意味にも受け取れます。

続けて古事記は、黄泉比良坂《よもつひらさか》を塞《ふさ》いだ石、つまり千引岩は「道反大神《ちかへしのおほかみ》」と名付けたと記述しています。「道反」は、まさに「道をくつがえす（塞ぐ）」ことですので、このことを古事記は「また、黄泉の戸を塞ぐ大神《おほかみ》とも云います」と補強しています。

このことは、二度と黄泉軍が攻めてこないようにと道を封鎖したという意に受け取れます。いまふうに言うなら、国境閉鎖です。ところがその後に、軍を移動させるための陸路は閉鎖したけれど、交易のための小舟による水上ルートを新たに開いたということであれば、記述の辻褄《つじつま》があってきます。

そしてこの段の最後に、「黄泉比良坂《よもつひらさか》は、いまの出雲国《いずものくに》の伊賦夜坂《いふやさか》とのことです」と書かれています。この伊賦夜坂は場所が特定されていて、いまの島根県松江市東出雲町揖屋にある黄泉津比良坂のことです。ここは宍道湖の東にある中海に面した丘陵で、古代においては中海に突き出した半島の付け根にあたる場所であることがわかっています。

いずれにせよ、このときの伊耶那美は、大神様と書かれた女性神です。さぞかしお美しいお姿であったろうと、これは断言したいと思います。

## 第九節　醜し醜き穢き国

【原文】

是以、伊耶那岐大神詔「吾者到於伊那志許米上志許米岐此九字以音穢国而在祁理。此二字以音。故、吾者為御身之禊」而、到坐竺紫日向之橘小門之阿波岐此三字以音原而、禊祓也。故、於投棄御杖所成神名、衝立船戸神。次於投棄御帯所成神名、道之長乳歯神。次於投棄御嚢所成神名、時量師神。次於投棄御衣所成神名、和豆良比能宇斯能神。此神名以音。次於投棄御褌所成神名、道俣神。次於投棄御冠所成神名、飽咋之宇斯能神。自宇以下三字以音。次於投棄左御手之手纒所成神名、奥疎神。訓奥云於伎、下效此、訓疎云奢加留、下效此。次奥津那芸佐毘古神。自那以下五字以音、下效此。次奥津甲斐弁羅神。自甲以下四字以音、下效此。次於投棄右御手之手纏所成神名、辺疎神。次辺津那芸佐毘古神。次辺津甲斐弁羅神。

右件自船戸神以下、辺津甲斐弁羅神以前、十二神者、因脱著身之物、所生神也。

於是、詔之「上瀬者瀬速、下瀬者瀬弱。」而、初於中瀬墮迦豆伎而滌時、所成坐神名、八十禍津日神訓禍云摩賀、下効此。次大禍津日神、此二神者、所到其穢繁国之時、因汚垢而所成神之者也。次為直其禍而所成神名、神直毘神毘字以音、下効此。次大直毘神、次伊豆能売神。幷三神也。伊以下四字以音。次於水底滌時、所成神名、底津綿上津見神、次底筒之男命。於中滌時、所成神名、中津綿上津見神、次中筒之男命。於水上滌時、所成神名、上津綿上津見神訓上云宇閇、次上筒之男命。

此三柱綿津見神者、阿曇連等之祖神以伊都久神也。伊以下三字以音、下効此。故、阿曇連等者、其綿津見神之子、宇都志日金拆命之子孫也。宇都志三字、以音。其底筒之男命、中筒之男命、上筒之男命三柱神者、墨江之三前大神也。


【読み下し文】

是以《これをもち》て、伊耶那岐《いざなき》大神は、「吾《あ》は、伊那志許米《いなしこめ》上志許米岐《しこめき》（此九字以音）、穢《きたな》き国に到りて在《あ》り祁理《けり》（此二字以音）。故《ゆへ》に、吾《あ》は身の禊《みそぎ》せむ」と詔《の》らして、竺紫《つくし》の日向《ひむか》の橘《たちばなの》小門《おど》の阿波岐《あはき》（此三字以音）原《はら》にて、禊祓《みそぎはらひ》しましき。

故《ゆゑ》に、投《な》げ棄《う》つる御杖《みつゑ》に成《な》りませる所の神の名は衝立船戸神《つきたつふなとのかみ》。次に投《な》げ棄《う》つる御帯《みおび》に成《な》りませる所の神の名は道之長乳歯神《みちのながちはのかみ》。次に投《な》げ棄《う》つる御嚢《みふくろ》に成《な》りませる所の神の名は時量師神《ときはかしのかみ》。次に投《な》げ棄《う》つる御衣《みけし》に成《な》りませる所の神の名は和豆良比能宇斯能神《わづらひのうしのかみ》（此神名以音）。次に投《な》げ棄《う》つる御褌《みはかま》に成《な》りませる所の神の名は道俣神《みちまたのかみ》。次に投《な》げ棄《う》つる御冠《みかがふり》に成《な》りませる所の神の名は飽咋之宇斯能神《あきぐひのうしのかみ》（自宇以下三字以音）。次に投《な》げ棄《う》つる左《ひだりの》御手《みて》の手纒《たまき》に成《な》りませる所の神の名は奥疎神《おきざかるのかみ》（訓奥云於伎、下効此、訓疎云奢加留、下効此）。次に奥津那芸佐毘古神《おきつなぎさひこのかみ》（自那以下五字以音、下効此）。次に奥津甲斐弁羅神《おきつかひえらのかみ》（自甲以下四字以音、下効此）。次に投《な》げ棄《う》つる右の御手《みて》の手纒《たまき》に成《な》りませる所の神の名は辺疎神《へざかるのかみ》。次に辺津那芸佐毘古神《へつなぎさひこのかみ》。次に辺津甲斐《へつかひ》弁羅神《べらのかみ》。

右の件《くだり》の船戸神自《よ》り以下《しも》、辺津甲斐弁羅神より以前《さき》、十二《とあまりふたはしら》の神は、身に著《つ》ける物を脱《ぬ》かすに因《よ》りて生《な》りませる所の神なり。

於是《ここにおい》て、詔《の》らさく、

「上《かみ》つ瀬《せ》は瀬《せ》、速《はや》し。下《しも》つ瀬《せ》は瀬《せ》、弱し。」

初《はじ》めて中《なか》つ瀬《せ》に堕《お》ち迦豆伎《かづき》て滌《すす》きます時《とき》成りませる所の神の名は八十禍津日神《やそまがつひのかみ》（訓禍云摩賀、下効此）。次に大禍津日神《おほまがつひのかみ》。此《こ》の二神《ふたはしらのかみ》は、その穢国《きたなきくに》に所到《いた》りまし時《とき》、汚垢《けがれ》に因《よ》りて成りましし神ぞ。

次に其《そ》の禍《まが》を直《なほ》さむと為《な》して成《な》りませる所の神の名は神直毘神《かむなおひのかみ》（毘字以音、下效此）。次に大《おほ》直毘神《なほひのかみ》、次に伊豆能売神《いづのめのかみ》。并せて三はしらの神なり（伊以下四字以音）。次に水底に滌《すす》きます時《とき》に成《な》りませる所の神の名は底津綿上津見神《そこつわたつみのかみ》、次に底筒之男命《そこつつのをのみこと》。中に於いて滌《すす》きます時《とき》に成《な》りませる所の神の名は中津綿上津見神《なかつわたつみのかみ》、次に中筒之男命《なかつつのをのみこと》。水上《みなかみ》に於いて滌《すす》きます時《とき》に成《な》りませる所の神の名は上津綿上津見神《うはつわたつみのかみ》（訓上云宇閇）、次に上筒之男命《うはつつのをのみこと》。此《こ》の三柱の綿津見神《わたつみのかみ》は、阿曇連《あづみのむらじ》等の祖神《おやがみ》を以《もっ》て伊都久《いつく》神なり（伊以下三字以音、下效此）。故《ゆゑ》に、阿曇連《あづみのむらじ》等は、其《そ》の綿津見神《わたつみのかみ》の子、宇都志日金拆命《うつしひかなさくのみこと》の子孫なり。（宇都志三字、以音）。其《そ》の底筒之男命《そこつつのをのみこと》、中筒之男命《なかつつのをのみこと》、上筒之男命《かみつつのをのみこと》の三柱の神は、墨江《すみのゑ》の三前大神《みまへのおほかみ》なり。

【現代語訳】

**伊耶那岐《いさなき》大神は、「私は、ものすごく醜くて醜い穢国に在った。我が身の禊《みそぎ》をしよう」と申されて、竺紫《つくし》の日向《ひむか》の橘小門《たちばなのおど》の阿波岐《あはき》原で、禊祓《みそぎはらひ》をされました。**

**このとき、伊耶那岐大神が投げ捨てた御杖から成られた神の名は衝立船戸神《つきたつふなとのかみ》です。次に投げ捨てた御帯《みおび》から成られた神の名は道之長乳歯神《みちのながちちはのかみ》です。次に投げ捨てた御嚢《みふくろ》から成られた神の名は時量師神《ときはかしのかみ》です。次に投げ捨てた御衣《みけし》から成られた神の名は和豆良比能宇斯能神《わづらひのうしのかみ》です。次に投げ捨てた御褌《みはかま》から成られた神の名は道俣神《みちまたのかみ》です。次に投げ捨てた御冠《みかがふり》から成**

られた神の名は飽咋之宇斯能神《あきぐひのうしのかみ》です。次に投げ捨てた左《ひだり》の御手《みて》の手纏《たまき》から成られた神の名は奥疎神《おきざかるのかみ》です。次に奥津那芸佐毘古神《おきつなぎさひこのかみ》です。次に奥津甲斐弁羅神《おきつかひえらのかみ》です。次に投げ捨てた右の御手《みて》の手纏《たまき》から成られた神の名は辺疎神《へざかるのかみ》です。次に辺津那芸佐毘古神《へつなぎさひこのかみ》です。次に辺津甲斐《へつかひ》弁羅神《べらのかみ》です。

右の船戸神から辺津甲斐弁羅神までの十二柱の神は、身に付けたものを脱がれたことによって成られた神々です。

ここで伊耶那岐大神は、次のように申されました。

「上の瀬は瀬が速い。下の瀬は瀬が弱い。」

そこで伊耶那岐大神は中の瀬に入り迦豆伎《かづき》られて滌《すす》がれました。この時成られた神の名は八十禍津日神《やそまがつひのかみ》です。次に大禍津日神《おほまがつひのかみ》です。この二柱の神は、その穢国に到られたときの汚垢《けがれ》によって成られた神です。

次にその禍《まが》を直そうとされて成られた神の名は神直毘神《かむなおひのかみ》です。次に大直毘神《おほなほひのかみ》、次に伊豆能《いづの》売神《めのかみ》、あわせて三柱の神です。

次に水底に滌《すす》ぎます時《とき》に成られた神の名は底津綿津見神《そこつわたつみのかみ》です。次に底筒之男命《そこつつのをのみこと》です。中で滌《すす》いでいるときに成られた神の名は中津綿津見神《なかつわたつみのかみ》、次に中筒之男命《なかつつのをのみこと》です。水上《みなかみ》で滌《すす》いでいるときに成られた神の名は上津綿津見神《うはつわたつみのかみ》、次に上筒之男命《うはつつのをのみこと》です。この三柱の綿津見神《わたつみのかみ》は、

**阿曇連《あづみのむらじ》等の祖神《おやがみ》を斎《いつ》く神ですから、阿曇連《あづみのむらじ》等は、その綿津見神《わたつみのかみ》の子、宇都志日金拆命《うつしひかなさくのみこと》の子孫です。その底筒之男命《そこつつのをのみこと》、中筒之男命《なかつつのをのみこと》、上筒之男命《かみつつのをのみこと》の三柱の神は、墨江《すみのゑ》の三前大神《みまへのおほかみ》です。**

**【解説】**

黄泉の国からお帰りになった伊耶那岐《いさなき》は、その穢《けがれ》を払うために竺紫《つくし》の日向《ひむか》の橘小門《たちばなのおど》の阿波岐原《あはきはら》で祓い、禊《みそぎ》を行われ、このとき次々と神々が誕生しました。

### ▼伊耶那岐大神

前節で伊耶那美《いさなみ》が「大神」と書かれていましたが、ここでは伊耶那岐《いさなき》が「大神」と、まず書かれています。伊耶那美が黄泉津大神となられたのなら、夫の伊耶那岐はこちらの世界の大神です。古事記はここでちゃんとバランスを取って書いているわけです。またこのあとに、天照大御神《あまてらすおほみかみ》などの三貴神がお生まれになりますが、三貴神の父ということであれば、やはりここは大神と記述しなければならないところです。

## ▼醜くて醜い穢国

ここで伊耶那美《いさなみ》の大神は、

「私は、ものすごく醜くて醜い穢国に在った」と述べています。「醜くて醜い」は、原文では「伊那志許米志許米岐」で、ここは「此九字以音」と注釈されています。ですからここは「いなしこめ、しこめき」と読み下します。「いな」は「ものすごく」です。「しこめ、しこめき」は、漢字で書いたら「醜《しこめ》、醜《しこめ》き」で、ここは「醜《みにく》くて、醜《みにく》い」と強調されています。

その醜くて醜い場所を古事記は「穢国」と書いています。ここは一般には「きたなきくに」と読み下すとされているのですが、同時に「けがれたくに」、あるいは「わいのくに」とも読み取れます。すると、どのように穢れているのかが問題になります。一般には「死の穢れ」というのが通説ですが、死の穢れだとするならば、「黄泉の国」がどうして「黄色い泉の国」なのかの説明がつきません。

実は古代の朝鮮半島には、「穢《わい》」という国があったことが知られています。これは中国の『三国志』や『後漢書』などに記述があります。「穢《わい》」は、かつての百済の北東、いまの北朝鮮あたりにいた種族で、字は「穢」または「濊」と書きます。意味はどちらも同じで、糞尿を意味する「汚穢《おわい》」の「穢」です。古代の中国は、周辺民族にあまり意味のよろしくない漢字を当てていますが、それにしても糞尿と呼ぶとは、ちょっとひどい気もします。ところが、もしこの「穢国」が、穢人たちの住むエリアを言うのであれば、穢国＝糞尿国＝黄色い泉の国となり、意味が通ります。そしてそうであれば、伊耶那岐《いざなき》大神が、「醜くて醜い」国と呼んだことも、意味が通ります。

古代の朝鮮半島は、半島南部が倭国のエリアです。その倭国の北側に新羅と百済ができるのですが、それよりも以前は、半島は、南部が倭国、北東部が穢国となっていました。後年漢王朝が、いまの平壌あたりに楽浪郡という郡庁を置くのですが、この楽浪郡の政庁跡の遺跡からは、周辺の部族との交流を示すものが何も出土しません。ではなぜ漢王朝がそこに郡庁を置いたのかというと、これはもっぱら倭国との交易のためであったと言われています。要するに半島北部にいた穢人たちとは、漢王朝は、一切交流を持つことなく、もっぱら倭国との交易を目的にそこに郡庁を置いていたわけです。ちなみにこの時代、倭国は朝鮮半島南部でさかんに鉄を掘って精錬をしています。

これが何を意味しているかというと、穢族たちは、もっぱら糞尿にまみれた生活をしながら、略奪を稼業としていたということです。そうであれば、黄泉醜女《よもつしこめ》（原文は予母都志許売）たちがいたことも納得できます。男手を兵に取られ、女子供ばかりのところで食料まで奪われれば、まるで餓鬼さながらのひどい生活状況であったであろうことが容易に想像がつきます。このような現象は近年におけるペンガルの危機においてもよく知られることです。そうしたところで鍛えた女性たちが身なりの良い伊耶那岐の一行に、食べ物欲しさにワラワラと近づいてきたとしても、なんら不思議はありません。そしてもし、伊耶那岐が穢国のエリアに足を運び込んだのなら、千五百の穢人の軍団に襲われたときの桃の実が、「百《もも》が済《な》る」で、百済人を指しているとしても、そこが帰り道のルートとなるので、これまたおかしくはありません。

では、千引岩と、伊耶那美との別れの会話は、どのような意味になるのでしょうか。また、なぜ伊耶那美が穢にいたのでしょうか。

## ▼黄泉の国のもうひとつの解釈

以下はひとつの仮説の物語です。読み飛ばしていただいても結構です。

先代の伊耶那美《いさなみ》がお亡くなりになられたあと、まず、盛大な葬儀が営まれたことは、古事記の記述を読む限り間違いなさそうです。比婆山には伊耶那美の墳墓もあります。ところがそのすぐあとか、何代目かあと、伊耶那美の名を受け継ぐ女性が、何者かによって拉致《らち》されたとします。調査の結果、穢国に拉致されたとわかった伊耶那岐《いさなき》は、穢国に伊耶那美を連れ戻しに向かいます。ところがその時点で、伊耶那美は穢の王の妻にさせられてしまっているわけです（いまでもありそうな話です）。しかも、倭人の王が連れ戻しに来ると知った穢の王は、軍団を揃《そろ》えて伊耶那岐の一行を待ち構えます。この穢の王というのが、黄泉戸喫《よもつへぐぐひ》で伊耶那美が相談しにいくと言っていた黄泉神です。伊耶那美にしてみれば、待ち構える穢軍と、伊耶那岐が衝突すれば、夫の身が危険になるわけですから、なんとかして穢王をなだめて、穏便《おんびん》に帰れるように話し合おうとしていたわけです。ところが穢の軍勢を見た伊耶那岐の一行は、穢が戦支度をしていると知って、騒ぎになります。そうなれば伊耶那美が「我に辱見せつ」と怒ることもうなづけます。ちゃんと話し合いで解決しようとしていた伊耶那美の努力が無駄になるからです。

こうして戦いを避けるために、穢の城を出た伊耶那岐の一行（単独で旅をするとは考えられない）は、途中で、穢国の収奪によって、何もかも奪われてまるで幽鬼のような姿になっている女性たちと出会います。可哀想に思った伊耶那岐は、彼女たちの助けになればと、所持していた食べ物を分け与え、また彼女たちに税に取られにくく、かつ短期間に収穫が可能なブドウやタケノコの種子や株を与えます。すると、そこに穢の軍団が迫ってくるわけです。

これをなんとか防ぎながら逃げる伊耶那岐の一行は、ようやく倭国のエリアに到達します。

そこには、桃の木が目印となる村落があり、そこの村人たちは王の危険と知って、立ち上がって穢軍を撃退してくれます。ありがたく思った伊耶那岐は、彼らに「意富加牟豆美命《おほかむつみのみこと》」の名を与える。これがおそらく「桃が成る＝百《もも》が済《な》る」で、百済国ができた最初のきっかけだったのかもしれません。

なんとか穢国を脱し、百済もあとにした伊耶那岐の一行は、ようやく出雲の都に帰ります。するとそこに、その時点で穢の王妃となっていた伊耶那美が、朝鮮半島北部の穢から、船に乗って出雲を訪ねてきます。そして「これから倭人を毎日千人殺す」という穢王の伝言を伝えます。これに対して伊耶那岐は、「ならば我らは毎日千五百の産屋を建てよう」と答えるわけです。

両者が会見した場所が、出雲の比良坂の陣屋です。そして、そこが難攻不落の城塞《じょうさい》であることを見せるために、まるで千引岩のような大きな防塁《ぼうるい》が築かれるわけです。こうして穢とは国交が断絶し、海上ルートの若干の交易だけが残ります。

この後、国防上の必要を感じた伊耶那岐は、都を竺紫《つくし》の日向《ひむか》の橘小門《たちばなのおど》に移され、そこに国防のための兵を配置するようになったのではないかと思います。

以上は、黄泉の国を穢族の住むエリアの穢国と読んだ場合の話の流れです。このように読むと、黄泉が「黄色い泉」と書かれている理由も明らかになりますし、八雷の意味や、醜女、桃子の意味も合理的に説明が繋がります。

ただし、黄泉の国とは死者の国とするのが、これまでの通説です。この解釈は、室町時代には、すでに定説になっていたようで、戦国初期に生きた三条西実隆《さんじょうにしのさねたか》は、大好きだった乳母《うば》が病気になってもう長くないとわかったときに、「その乳母を屋敷の外に死ぬまで放置したことが、古くからの習慣とはいえ、とても悲しいことであった」と日記に書いています。つまり黄泉を「死を穢れ」と解釈することによって、病気で死にそうになって具合が悪くて苦しんでいる人を、屋敷内の布団に寝かせるのではなく、屋外の門の外の路上に放置したと、そこまで野蛮《やばん》ともいえるような風習にまですすんでしまうのです。神々の御心の奥深いところまでは到底わかるものではありませんが、少なくとも神々は、人が病で苦しんでいるときに、病人に、もっと辛い思いをさせよとはお考えになど絶対にならないと思うのです。ということは、黄泉＝死の国という解釈について、「そうであるかもしれないけれど、別な意味もある」という可能性を頭から否定はできないと思います。

また、伊耶那岐大神は、「吾《あ》は、伊那志許米志許米岐《いなしこめしこめき》（此九字以音）、穢《きたな》き国に到りて在《あ》り祁理《けり》」と述べられています。「伊那志許米志許米岐」は、一般には「ものすごく醜くて醜い」と訳されますが、「志許米」が「醜女《しこめ》」であるのなら、ここは「たいへんな醜女、醜女となってしまった」という意味であるとも受け止めることができます。

右の解釈の通り、伊耶那岐がガリガリに痩せ細って醜い姿になってしまった穢の女性たちに、食べ物をわけ与え、かつ食べ物を育てるための実まで分け与えているのなら、伊耶那岐はそうした悲惨な境遇にある女性たちに限りない愛情と慈悲深いお気持ちをお持ちになられているわけです。もしかしたらいまは醜女となってしまった女性たちも、国の形が正常ならば、ごく普通に幸せに暮らして生涯をまっとうすることができた美しい乙女たちであったはずなのです。けれども、どんなに彼女たちを気の毒に思っても、伊耶那岐は我が国の民を護《まも》るために、国境を封鎖せざるを得ないのです。それはやむを得ない措置《そち》です。逆にいえば統治というものは、一歩間違えてリーダーが我欲《がよく》に陥《おちい》れば、国中にそうした不幸を招いてしまうことになるのだということを古事記はここに後世への教えとして書いているのではないでしょうか。

## ▼筑紫の日向の橘小門

伊耶那岐は、筑紫《つくし》の日向《ひむか》の橘《たちばな》の小門《おど》の阿波岐原《あはきばら》で禊《みそぎ》と祓《はら》いをしたとあります。「禊」は裸になって水で体を洗い清めること、「祓い」は心身から不浄を取り除く神事です。

古事記はここで、「伊耶那岐大神は、筑紫の日向の橘の小門の阿波岐原で禊と祓いを行った（原文＝伊耶那岐大神詔、竺紫日向之橘小門之阿波岐原而、禊祓也）」としています。

「竺紫」というのは、「筑紫国」のことではなくて字が「竺紫」ですので、これは九州を指します。日向は朝日のよく当たる場所、小門《おど》は流れの早い瀬戸、阿波岐は常緑樹のことですから、「阿波岐原」で常緑樹の生えた原を意味します。

この場所には候補地が二説あります。

ひとつは宮崎県宮崎市阿波岐原町の海岸です。

もうひとつは福岡県福岡市東区で博多湾にある志賀島です。いまでは志賀島は、砂州で本土と陸続きに繋がって陸繋島となっていますが、大昔は、逆に海岸線が太宰府近くにまで下がり、志賀島は博多湾に浮かぶひとつの島でした。そしてこの島は、古代日本の大陸や半島方面への海上交通の出発点であり、神功皇后《じんぐう》が三韓征伐の際に立ち寄った島でもあります。有名なところでは、「漢委奴国王」の金印が見つかった島でもあります。

### ▼身に付けたものから成られた神

伊耶那岐《いさなき》大神が、竺紫の日向の橘の小門の阿波岐原で禊祓《みそぎはらひ》をされたときに、ここでもたくさんの神々が成られています。順に整理してみます。

はじめに登場するのが、身に付けたものから成られた神々です。

投げ捨てた御杖《みつえ》から成られた神
(1)衝立船戸神《つきたつふなとのかみ》
投げ捨てた御帯《みおび》から成られた神
(2)道之長乳歯神《みちのながちはのかみ》
投げ捨てた御嚢《みふくろ》から成られた神
(3)時量師神《ときはかしのかみ》
投げ捨てた御衣《みけし》から成られた神
(4)和豆良比能宇斯能神《わづらひのうしのかみ》此神名以音
投げ捨てた御褌《みはかま》から成られた神
(5)道俣神《みちまたのかみ》
投げ捨てた御冠《みかがふり》から成られた神
(6)飽咋之宇斯能神《あきぐひのうしのかみ》自宇以下三字以音
投げ捨てた左手の手纏《たまき》から成られた神
(7)奥疎神《おきざかるのかみ》訓奥云於伎、下効此、訓疎云奢加留、下効此
(8)奥津那芸佐毘古神《おきつなぎさひこのかみ》自那以下五字以音、下効此

(9)奥津甲斐弁羅神《おきつかひえらのかみ》自甲以下四字以音、下効此
投げ捨てた右手の手纏《たまき》から成られた神
(10)辺疎神《へざかるのかみ》
(11)辺津那芸佐毘古神《へつなぎさひこのかみ》
(12)辺津甲斐弁羅神《へつかひべらのかみ》

これだけでは意味がわかりませんので、お名前ごとにその意味を探ってみます。

(1)衝立船戸神《つきたつふなとのかみ》

この神は投げ捨てた御杖から成られていますが、名前に「以音」と書いてありませんから、漢字の意味を探ることで、その意味がわかるはずです。「衝立」は「ついたて」で、これは外部からの侵入を防いだり、目隠ししたりするときに使うものです。船戸は、船着き場を意味します。ということはこのお名前は、「国防上の要衝《ようしょう》となる港」を意味しているとわかります。しかも「杖」から成られたということは、「杖」は歩行する人を扶《たす》けるとともに、武器にもなるものですから、意味は、ほぼ間違いないものを思われます。

(2)道之長乳歯神《みちのながちはのかみ》

この神は帯から成られています。「長乳」は「ながちち」と読みますが、そこからで「道

之長乳」は「長い道のり」であると説明されてきました。ところがそうだとすると、なぜ「歯」と書かれているのかの説明がつきません。そこで「歯」は「端《は》」のことではないかと説明されているのですが、この神様のお名前には「以音」とは書いてありません。ということは、「歯」の意味もちゃんと考えなければならないということになります。

「歯」は、年齢とともに消滅します。とりわけ乳歯は、大人になる前にかならず生え変わります。つまり抜け落ちて失われます。ということは、「長い道のりの中で、不要なものを消滅させる」という意味になります。

⑶時量師神《ときはかしのかみ》

手荷物を入れる袋から生まれた神様です。時を量る師ですから、敵を袋小路に入れて、敵の攻撃から身を守るために時間をかせぐことを意味しているようです。

⑷和豆良比能宇斯能神《わづらひのうしのかみ》

この神様は、原文に「此神名以音」とありますから「わずらひのうしのかみ」は、大和言葉で、使っている漢字に意味はありません。「わずらひ」はわかりやすいと思います。「患い」です。古語の「うし」は、名詞なら「主人」、形容詞なら「憂し」で、これもまた「わずらわしい」と同義です。衣から成られた「ほんとうにわずらわしいこと」を意味しているようです。そこから主人が患わしく思ったことを意味しているとわかります。着衣から成られた神ですが、着衣は身を守るものでもあります。

(5)道俣神《みちまたのかみ》

褌《はかま》から成られた神です。道俣は、どうみても「分かれ道」です。「はかま」も二つに分かれています。分岐点を意味するとわかります。

(6)飽咋之宇斯能神《あきぐひのうしのかみ》

冠《かんむり》から成られた神です。お名前の「宇斯能」は「三字以音」と書かれていますが、おそらく「主人の」という意味であろうと思います。「飽」は「あきる」という意味で、「咋」は食う、食べる、です。冠は口が開いているものです。同じものを食べるということは、仲間になるということですので、主人と同じものを食べて仲間になることを意味していそうです。

次の三神は、投げ捨てた左手の手纒（手袋のこと）から成られた神です

(7)奥疎神《おきざかるのかみ》

この神の名は、原文に「訓奥云於伎、下効此、訓疎云奢加留、下効此」とあります。つまり「奥疎」とは大和言葉で「おきざかる」だと書かれているわけです。ここは「以音」ではなくて、「これを訓《よ》みて」ですから、読みの「おきざかる」と漢字の「奥疎」は意味が一致しているとわかります。「奥」の元字は「奧」で、これはもともと奥深い神聖な場所を示す字です。「疎」は「うとい」と読み、親しくない様子を意味します。

(8)奥津那芸佐毘古神《おきつなぎさひこのかみ》

この神様も左手の手袋からですが、「那芸佐毘古」は「自那以下五字以音」とありますので、ここは「なぎさひこ」です。「奥津那芸」は「凪《な》いだ広い海の奥（先）」という意味です。

(9)奥津甲斐弁羅神《おきつかひえらのかみ》

この神様も左手の手袋からで、「甲斐弁羅」は「以音」です。「かひ」は名詞なら効果や効き目、「へら」も名詞なら、矢の竹でできた矢柄《やがら》の部分の意味になります。「奥津」が広い海の奥ですから、その海の先に効き目のある矢を向けるさまを意味するものとなります。

次の三神は、投げ捨てた右手の手纏《たまき》（＝手袋）から成られた神です。

(10)辺　疎　神《へざかるのかみ》

「辺」は海岸沿いの海辺のこと、「疎」は親しくない意です。

(11)辺津那芸佐毘古神《へつなぎさひこのかみ》

　広い海の海辺の渚です。

(12)辺津甲斐弁羅神《へつかひべらのかみ》

　広い海に効き目のある矢柄です。

以上十二神のお名前を整理してみますと、次の意味が浮かび上がります。

「国防上の要衝となる港(1)で、長い道のりの中で不要なものを消滅させ(2)、国を護り(3)、わずらわしい国難を取り除くために(4)、道の分かれ道となるところに(5)、主人の仲間たちを集めて(6)、患いを矢で凪いだ海の向こうの奥に追いやるために(7)(8)(9)、海辺に拠点を築いた(10)(11)(12)」となります。ひとことでいうなら、

「防衛拠点を置いて国の護りを固めた」

ということを述べているのではないかと思われます。

### ▼滌ぎで成られた神

伊耶那岐《いさなき》大神は、「上の瀬は瀬が速い。下の瀬は瀬が弱い」と仰せになり、中の瀬に迦豆《かづ》伎《き》られて、滌《すす》がれます。このとき次の十一神がお生まれになります。「迦豆伎」は「潜き」とも書き、水中に潜ることとです。「滌」というのはむずかしい字ですが、訓読みは「あらふ」で、洗うことです。要するに水の中にはいって禊《みそぎ》をされたわけです。こちらも右と同様に、順に整理してみます。

中の瀬で滌《すす》がれたとき。

(1)八《や》十《そ》禍《まが》津《つ》日神《ひのかみ》訓禍云摩賀、下効此。

(2) 大禍津《おほまがつ》日神《ひのかみ》

（この二神は、穢国での穢《けが》れによって成る）

禍《まが》を直そうとされたとき。

(3) 神直毘神《かむなおひのかみ》毘字以音、下效此

(4) 大直毘神《おほなほひのかみ》

(5) 伊《い》豆《づ》能《の》売神《めのかみ》伊以下四字以音（あわせて三柱）

水底で滌《すす》いだとき。

(6) 底《そこ》津《つ》綿《わた》津《つ》見神《みのかみ》

(7) 底筒《そこつつ》之《の》男命《をのみこと》

水中で滌《すす》いだとき。

(8) 中《なか》津《つ》綿《わた》津《つ》見神《みのかみ》

(9) 中筒《なかつつ》之《の》男命《をのみこと》

水の上で滌《すす》いだとき。

(10) 上《うは》津《つ》綿《わた》津《つ》見神《みのかみ》訓上云宇閇

(11) 上筒《うはつつ》之《の》男命《をのみこと》

三柱の綿津見神は阿曇連等の祖神を斎《いっ》く神　伊以下参字以音、下效此。

中の瀬で滌《すす》がれたとき。
(1)八十禍津日神《やそまがつひのかみ》
(2)大禍津日神《おほまがつひのかみ》
「八十」は、数え切れないくらいの多数、「禍」は災い、「津」は人が船を漕いでいる様子です。「大禍」は大きな災いです。「数え切れないくらい多数の大きな災いが船に乗ってやってきた日」となります。そしてこの(1)と(2)はともに「穢国での穢《けが》れによって成る」と書かれています。穢《わい》は、穢《けが》れであり災いである、ということです。
(3)神直毘神《かむなおひのかみ》毘字以音、下効此
(4)大直毘神《おほなほひのかみ》
「毘」は「以音」と書かれていますから、「直毘」は「なおひ」とわかります。「かむ」と「おほ」を繰り返すことで、厄災を浄化するという意味とわかります。
(5)伊豆能売神《いづのめのかみ》
「伊豆能売」は以音ですので、大和言葉の「いずめの」です。これは穢れを清めるという意味になります。

水底で滌《すす》いだとき。

(6)底津綿津見神《そこつわたつみのかみ》
(7)底筒之男命《そこつつのをのみこと》
「綿津見」は「海つ霊《わたつみ》」で海の神、それが「底津」ですから、海の底、「底筒」は筒底です。この二神は、水底で滌《すす》いだときに成られたとありますが、その水底というのは、海の底であることを示していようかと思われます。

(8)中津綿津見神《なかつわたつみのかみ》
(9)中筒之男命《なかつつのをのみこと》
水中で滌《すす》いだとき。
右と同様に、海中を意味します。

(10)上津綿津見神《うはつわたつみのかみ》訓上云宇閇
(11)上筒之男命《うはつつのをのみこと》
水の上で滌《すす》いだとき。
右と同様に海上を意味します。

そしてこの三柱の綿津見神は、阿曇連《あづみのむらじ》等の祖神《おやがみ》を斎《いつ》く神ですから、阿曇連《あづみのむらじ》等は、その綿津見神《わたつみのかみ》の子、宇都志日金拆命《うつしひかなさくのみこと》の子孫です。その底筒之男命《そこつつをのみこと》、中筒之男命《なかつつのをのみこと》、上筒之男命《うはつつのをのみこと》の三柱の神は、墨江《すみのゑ》の三前大神《みまへのおほかみ》であると書かれています。住之江の三柱の海の神にお願いして、海原も浄《きよ》めたという意味になります。
そこで右の十一柱の滌《すす》ぎで成られた神の名前をまとめると、「穢《けが》れであり災いである穢の厄《わい》災を浄化するために、厄災を清めるために、住之江の海底、海中、海上の、海の三神にお願いして、お浄《きよ》めを行った」となります。

## ▼なぜ伊耶那岐大神から生まれたのか

伊耶那岐《いさなき》、伊耶那美《いさなみ》神話において、国生み神生みは、二神が結ばれたことによって女性神である伊耶那美から神々がお生まれになっています。ところが竺紫の日向の橘の小門では、男性神である伊耶那岐だけから（厳密にいえば、その所持品や滌《すす》ぎから）神様がお生まれになっています。子を生むことができるのは女性だけなのに、なぜ男性である伊耶那岐だけの状態で神が生まれたという記述になっているのでしょうか。

これに対する回答が、天の御柱を回った婚礼の儀です。生き物はすべて肉体を結んで子をなします。西洋では、結婚は肉体を結ぶにあたっての神との契約とされますが、契約なら、契約解除も可能です。ところが日本では、婚礼の儀は、肉体に宿っている人の本体である御《み》霊《たま》を結ぶ行事です。結婚して御霊を結べるのは人だけが行うことで、人は神様の前で御霊を結びます。そして神様の前で結ばれた以上、肉体的にはいろいろな事情で離婚したり、あるいは別な異性と再婚したとしても、御霊は、最初の婚姻で結ばれたままです。神様の前で結んだのですから、これは解消できないのです。ですから平安時代などでは、最初に結婚した男性の役名を、再婚しても生涯名乗られました。神様の前で御霊結びを行ったのに、あとになって、「あれは失敗でした」と解消するようでは、神様を軽んじたことになってしまうことになるからです。

こうした伝統のもとで、穢国から帰ってきた伊耶那岐は、新たに子をなすわけです。ということは、帰国後に、伊耶那美の血をひく別な女性との間で子をなしたということではないでしょうか。ただし、伊耶那岐の御霊は、すでに伊耶那美と結ばれていますから、もう別な女性との御霊結びはできません。ですから、伊耶那岐大神から生まれた子として、ここに描かれているのであろうと思います。

### ▼竺紫の日向の橘の小門はどこか

さて、ここまでで、

一、身に付けたものから成られた神々

二、滌《すす》ぎで成られた神

合わせて二十三神が紹介されました。そしてその神々のお名前の意味するところは、穢国からの厄災から国を護るために、防衛拠点を置き、住之江の三神にお願いしてお浄《きよ》めを行ったことであるとわかりました。そして、伊耶那岐大神が、その防衛上の拠点を置いた場所が、竺紫の日向の橘の小門の阿波岐原であるということになります。

では、それはどこにあったのでしょうか。候補地は、宮崎県宮崎市阿波岐原町の海岸と、福岡県福岡市東区で博多湾にある志賀島の二箇所があると先に申しました。正直なところ、どちらが本当の阿波岐原なのかは、わかりません。ただ、もしこれまでに述べたように、穢国というのが、黄泉の国のことを穢《けが》れた穢《みにく》い国と呼んだというのではなく、糞尿族を意味する穢族の住む穢国のことであり、黄色い泉がその糞尿のことであり、その穢国は、朝鮮半島北部に実存した国であることを併せ考えると、志賀島が正しいようにも読み取れます。

私たちは、その時代に生きてその時代を当事者として見てきたわけではありませんので、実際に本当の答えがどちらなのかまでは、わからないことです。ただ、ひとついえることは、古事記は大昔の人が、子孫のために語り遺す値打ちがあると思われた伝承が、何百年、何千年という長い期間にわたって、伝え続けられた神話を、あらためて漢字で書いてまとめた書です。そしてこの段から学ぶべきことは、理不尽な要求をする（毎日千人殺す）をしてくる外国というのは、現実にいつの世にもあるということ、そしてその理不尽から身を守るためには、国の護りをしっかりと固めることである、ということなのではないかと思います。

## 第十節　三貴神誕生

### 【原文】

於是、洗左御目時、所成神名、天照大御神。次洗右御目時、所成神名、月読命。次洗御鼻時、所成神名、建速須佐之男命。須佐二字以音。

右件八十禍津日神以下、速須佐之男命以前、十柱神者、因滌御身所生者也。

此時伊耶那岐命、大歓喜詔「吾者生生子而、於生終得三貴子。」即其御首珠之玉緒母由良迩此四字以音、下効此取由良迦志而、賜天照大御神而詔之「汝命者、所知高天原矣」事依而賜也。

故其御首珠名、謂御倉板挙之神。訓板挙云多那。次詔月読命「汝命者、所知夜之食国矣」事依也。訓食云袁須。次詔建速須佐之男命「汝命者、所知海原矣」事依也。

故、各随依賜之命、所知看之中、速須佐之男命、不知所命之国而、八拳須至于心前、啼伊佐知伎也。自伊下四字以音。下効此。其泣状者、青山如枯山泣枯、河海者悉泣乾。是以悪神之音、如狭蝿皆満、万物之妖悉発。故、伊耶那岐大御神、詔速須佐之男命「何由以、汝不治所事依

**之国而、哭伊佐知流。」尓答白「僕者欲罷妣国根之堅洲国、故哭。」尓伊耶那岐大御神、大忿怒詔「然者、汝不可住此国。」乃神夜良比尓夜良比賜也。自夜以下七字以音。故、其伊耶那岐大神者、坐淡海之多賀也。**

**【読み下し文】**

於是《ここにおいて》、左の御目《みめ》を洗《あら》ひますとき、成りませる所の神の名は天照大御神《あまてらすおほみかみ》。次に右の御目《みめ》を洗《あら》ひますとき、成りませる所の神の名は月読命《つくよみのみこと》。次に御鼻《みはな》を洗《あら》ひますとき、成りませる所の神の名は建速須佐之男命《たけはやすさのをのみこと》（須佐二字以音）。

　右の件《くだり》の八十禍津日神《やそまがつひのかみ》以下、速須佐之男命《はやすさのをのみこと》以前《よりさき》の十神《とはしらのかみ》は、御身《み》を滌《すす》ぐに因《よ》りて生《な》りませる神ぞ。

此時《このとき》伊耶那岐命《いさなきのみこと》、大《いた》く歓喜《よころ》びて詔《の》らさく、

「吾《あ》は、子生《う》みて、生《う》みの終《はて》に三柱の貴《たふと》き子を得たり。」

即《すなは》ち、その御首珠《みくびたま》の玉の緒《を》を母由良迩《もゆらに》（此四字以音、下効此）取り由良迦志而《ゆらかして》、天照大御神に賜《たま》ひて詔《の》らさく、

「汝命《いましみこと》は、高天原《たかあまのはら》を知らせ」と事依《ことよ》さして賜《たま》ひき。故《ゆへ》にその御首珠《みくびのたま》の名は御倉板挙之神《みくらたなのかみ》と言う（訓板挙云多那）。

次に月読命《つくよみのみこと》に詔《の》らさく、

「汝命《いましみこと》は、夜之食国《よるのをすくに》を知らせ」と事依《ことよ》さしき（訓食云袁須）。

次に建速須佐之男命《たけはやすさのをのみこと》に詔《の》らさく、

「汝命《いましみこと》は、海原《うなはら》を知らせ」と事依《ことよ》さしき。

故《ゆゑ》に、各《おのおの》依《よ》さし賜《たま》ひき命《みこと》の随《まにまに》所知看《しらしめす》中に、速須佐之男命《はやすさのをのみこと》、命《みこと》の国を知らさずて、八拳《やつか》須《ひげ》の心前《こころさき》に至るまで、啼《な》き伊佐知伎《いさちき》（自伊下四字以音。下効此）。その泣き状《ふす》さまは、青山を枯山《かれやま》に泣き枯《か》らす如く、河海《かはうみ》を悉《ことごとく》泣《な》き乾《ほ》しき。是以《ここをも》ちて悪《あ》しき神《かみ》の音《おと》は、狭蝿《さばへ》皆満《みなみ》ちる如く、万《よろず》の物《もの》の妖《わざわひ》悉《ことごと》発《おこ》りき。故《ゆゑ》に伊耶那岐大御神、速須佐之男命《はやすさのをのみこと》に詔《の》らさく、

「何由以《なにゆゑをもって》、汝《いまし》は事依《ことよ》さすところの国を知らさずして哭《な》き伊佐知流《いさちる》。」尓《しか》して答《こた》へて白《まを》さく、

「僕《あ》は妣《はは》の国《くに》の根之堅洲国《ねのかたすくに》に罷《まか》らむと欲《ほっす》る故《ゆゑ》に哭《な》く。」

尓《しか》て伊耶那岐大御神、大《おほ》ひに忿怒《いか》りて詔《の》らさく、

「然者《しからば》、汝《いまし》は此《こ》の国に住むべからず。」

乃《すなは》ち、神夜良比尓夜良比賜《かむやらひにやらひたま》ふなり（自夜以下七字以音）。

故《ゆゑ》にその伊耶那岐大神は、淡海《あはうみ》の多賀《たが》に坐《いま》すなり。

## 【現代語訳】

そのあと、左目を洗いますと、天照大御神《あまてらすおほみかみ》、右目を洗いますと月読命《つくよみのみこと》、鼻を洗いますと建速須佐之男命《たけはやすさのをのみこと》が成られました。

右の八十禍津日神《やそまがつひのかみ》から速須佐之男命《はやすさのをのみこと》までの十神は、身を滌《すす》いだことによって生られた神様です。

さて、このとき伊耶那岐命《いさなきのみこと》は、大いに歓喜され、

「吾《あ》は、子を生んで、生みのはてに、三柱の貴《たっと》き子を得た」と申されました。そして即《すな》ち、その首に付けた玉の緒を、母由良迩《もゆらに》（此四字以音、下効此）取り由良迦志《ゆらかし》て、天照大御神に賜《たまわ》れ、

「汝命《いましみこと》は、高天原《たかあまのはら》を知らせ」と事依《ことよ》されました。この玉の名は御倉板挙之神《みくらたなのかみ》と言います。

次に月読命に、

「汝命《いましみこと》は、夜之食国《よるのをすくに》を知らせ」と事依《ことよ》さされました。

次に建速須佐之男命に

「汝命《いましみこと》は、海原を知らせ」と事依《ことよ》れました。

こうして三貴神は、それぞれに事依《ことよ》された随《まにまに》、知らしめたのですが、その中で速須佐之男命だけが、国を知らさず、八拳須《やつかひげ》の心前《こころさき》に至るまで、啼《な》き伊佐知伎《いさちき》ました。

その泣き状《ふす》さまは、青山を泣き枯らして枯山《かれやま》にしてしまうほど、川や海をことごとく泣き乾《ほ》してしまうほどでした。そのため悪い神の音《おと》が、まるで狭いところに蝿が満《み》ちているように、さまざまな物に、妖《わざわい》が悉《ことごと》く起こりました。

そこで伊耶那岐大御神は、速須佐之男命に尋ねました。

「どうして汝《いまし》は事依《ことよ》さした国を知らさずに哭《な》き伊佐知流《いさちる》のか。」

須佐之男命は、

「僕《あ》は妣《はは》の国《くに》の根之堅洲国《ねのかたすくに》に行きたいと思って哭《な》いているのです。」

伊耶那岐大御神は、おおいに怒り、

「ならば汝《いまし》は、この国に住むな」と、須佐之男命を神夜良比《かむやらひ》に夜良比《やらひ》たまわれました。

いま、伊耶那岐大神は、淡海《あはうみ》の多賀《たが》に鎮座されています。

【解説】

## ▼三貴神誕生

穢にいる女性たちが、どんなに不幸な状況にあったとしても、リーダーが国の運営を一歩間違えて我欲に陥れば、国中が醜女たちのいる醜い国になってしまうという悟《さと》りから、伊耶《いさ》那《な》岐《き》大神は、竺紫《つくし》の日向《ひむか》に防衛拠点を敷設《ふせつ》します。そしてこのときに、我が国最高神である天照大御神《あまてらすおほみかみ》、月読命《つくよみのみこと》、須佐之男命《すさのをのみこと》という三貴神がお生まれになります。

古事記はこれを「右の八十禍津日神《やそまがつひのかみ》から速須佐之男命《はやすさのをのみこと》までの十神は、身を滌《すす》いだことによって生られた神様です」と書いています。ところが八十禍津日神から上筒之男命《うはつつのをのみこと》までの滌《すす》ぎから成られた神様は合計十一柱です。これに三貴神を加えるなら、単純合計は十四柱になるのですが、なぜか古事記はこれを十柱の神と書いています。これには理由があります。滌《すす》ぎから成られた十一柱の神々には、「〜神」と書かれている神様と、「〜命《みこと》」と書かれている神様、そのどちらも書かれていない神様がおいでになります。このうち、末尾に「神」と書かれている神様だけを数えると七柱です。

その七柱の神々に、三貴神を加えると十柱です。ところが天照大御神、月読命、須佐之男命の三貴神のうち、月読命と須佐之男命は、どちらも「〜命《みこと》」と書かれています。「命《みこと》と書かれているけれど、三貴神はいずれも神様なのだ」ということを、古事記はここで強調しているわけです。

そしてこのことが、『ねずさんと語る古事記・弐』の第四章に書かれている天照大御神と須佐之男命のやりとりや天の岩戸のお話の解釈に、極めて重要な意味を持つことになります。

## ▼知らせ

三貴神が生まれたことをたいへんに喜ばれた伊耶那岐《いさなき》大神は、その生まれた三貴神にそれぞれ、

天照大御神《あまてらすおほみかみ》には「知、高天原」、
月読命《つくよみのみこと》には、「知、夜之食国」
建速須佐之男命《たけはやすさのをのみこと》には、「知、海原」

と事依《ことよ》されたとあります。

「事依《ことよせ》」というのは、一般には「言寄せ」の尊敬語で「委任された」という意味と解釈しているのですが、すこし違うと思います。委任されたというのならば、単に「委ねた」と書けば良いことだからです。そのような上位者が下位の者に委任するとか、高貴な存在が単に詔《の》

らされたということとは異なり、「事依せ」には、「言葉によって力を与える」という意味があります。つまり伊耶那岐大神は、三貴神それぞれに、高天原、夜之食国、海原を「知らす」ための力を与えたのです。

では「知らす」とは何でしょうか。古事記はここで「知」という字を三回も繰り返しています。これは基本的に言葉をできるだけ省いて書く古文においては、きわめてめずらしいことです。それだけ「知」を古事記は強調し、重要視していることになります。

我々現代人にとって、「知らせ」といえば、誰かに知らせる、お知らせ、といった意味です。しかしそれでは、伊耶那岐大神が「高天原を知らせ」と事依《ことよ》されたことの意味が通じません。では「知らせ」とはどのようなものなのでしょうか。

ヒントになるのは、「知」は「以音」とは書かれていないということです。つまり大和言葉のシラスと、漢字の「知」の意味が共通しているということです。では漢字の「知」という字は、もともとはどのような意味の字なのでしょうか。

「知」は、「矢」と「口」で成り立っています。矢は弓矢の矢ですからすぐにわかると思います。問題は「口」ですが、これは人間の口ではなくて、お酒を注《そそ》ぐときの盃《さかずき》を意味します。そして古代において、矢と盃は、神棚に供えるものでした。

ちなみに昨今では神様は神社などにおいでになり、人が神様のいる神社などを尋ねるようになりましたが、太古の昔においてはまだ神社がなく、屋敷の中に備えた神棚に、神様にご降臨いただくものでした。そしてそのときに神様にお供えするものが、矢と盃だったわけです。そして知恵や知識は、現代人の感覚では、本を読んだり、先生に教わったりして得るものですが、もともとは、神々の知恵をお借りする、あるいは神々の知恵を授《さず》かるという意味を持ちました。つまり「知る」ということは、我々が自分の頭で考えるとか、学んで覚えるといったものではなく、もともとは神々の知恵を得るということであったわけです。そこから「知」は、「神々と繋がること」を意味する漢字となりました。

　ということは、「汝命《いましみこと》は高天原《たかあまのはら》を知らせ（原文＝汝命者、所知高天原矣）」は、「汝は、高天原におわすすべての伊耶那岐《いさなき》、伊耶那美《いさなみ》の両大神の子孫である八百万《やおよろず》の神々を代表して、創成の神々と繋がる役目を果たしなさい」という意味と読むことができます。同様に月読命は夜之食国を、須佐之男命は海原を代表して、神々と繋がるお役目を果たすように、そしてそのための力を、伊耶那岐大神から授かったということになります。

「知らせ」は、「知らす、しろしめす」と変化していきます。その「しろしめす」が、「しめらふ」となり、これが「すめらふ」となって、天皇を意味する「すめらみこと」に至っています。

## ▼母由良迩由良迦志て

伊耶那岐《いざなき》大神は、天照大御神《あまてらすおほみかみ》に「高天原を知らせ」と事依されるときに、「その首に付けた玉の緒を、母由良迩取り由良迦志て《もゆらにとりゆらかして》」とあります。「母由良迩」に、続けて「此四字以音、下効此（この四字は音《こえ》を用いる。下はこれにならふ）」とありますから、これは漢字そのものには意味がありません。「ゆら」というのは万葉集の二〇六五番に「足玉も手玉もゆらに織るはたを」という歌がありますが、これは物が触れ合って音が鳴ることです。「もゆら」の「も」は、おそらく「面《も》」で、首に付けた玉の緒を、顔から外《はず》す様子であろうと思われます。「由良迦志」は、「ゆら」は右と同義ですが、「迦志」は以音とありませんから、漢字に意味があります。「迦」は、釈迦にも用いられる字ですが、「力と出会う、めぐりあう」といった意味があります。「志」は「こころに誓う」ですから、「由良釈志《ゆらかし》」で「音を鳴らしながら心に誓って力を込めた」という意味になろうかと思います。

その力を込めた対象は、「玉の緒」で、単に首に巻いたネックレスに付けてある玉（宝石）を賜《たまわ》れたということであれば、ここは「玉の緒」ではなく、「首に付けた玉を」となるはずです。それをあえて「玉の緒」と書いているということは、そこに意味があるということです。古くから日本では肉体に魂が宿ると考えられてきました。その魂が本体で、肉体はいわばレンタカーのようなものです。レンタカーに乗る人が本体である魂です。その魂と肉体を繫ぐのが「玉の緒」です。

そうすると、ここにある「玉の緒をもゆらに取りゆら迦志《かし》て天照大御神に賜《たまわ》った」という描写は、一般に言われるような、伊耶那岐大神が、首に付けた宝玉を鈴を鳴らすように鳴らしながら可愛い我が子に賜ったということではなくて、詳しく書くと、「伊耶那岐大神は、首に付けた自らの大神としての魂を繫ぐ玉の緒を首から外されると、御顔の前で音をたてながらその大神としての力をその玉の緒に込め、これを天照大御神に賜れた」という意味になります。

そして天照大御神がこの玉の緒を受け取られたことにより、玉の名は御倉板挙之神《みくらたなのかみ》となります。御倉は神の稲倉、板挙《たな》は、その板戸を開けるですから、最高神のための稲倉の戸を開ける鍵としての玉、という意味です。つまり、この段階で伊耶那岐大神は、その大神としての全知全能を天照大御神にお授けになられたということです。

短い文章で、言葉も難解なので、つい「可愛い子に鈴を授けた」かのように読み飛ばしてしまいそうなところですが、この一文は、天照大御神が伊耶那岐大神の御霊を受け継ぐ最高神となられたことを示す、たいへん重要な文であると思います。

## ▼夜之食国

次に月読命《つくよみのみこと》には、「夜の食国を知らせ」と命じられています。月の満ち欠けのことを「食」といいますが、「夜の食」ですので、月読命には、暦《こよみ》を司るお役目を命ぜられたということであろうと思います。

## ▼建速須佐之男命

建速須佐之男命《たけはやすさのをのみこと》には、「海原を知らせ」と命じたとあります。「建速」は、猛《たけ》き波で速い潮流のこと、須佐は荒いという意味と解説されます。波が荒く潮流の速い海を知らせと命ぜられたわけです。これは須佐を「荒《すさ》ぶる」と読んだ解釈です。

しかし須佐にはもうひとつ、同じ音で「朱砂《すさ》」というものがあります。こちらは名詞で「辰砂《しんしゃ》」と呼ばれる鉱石です。これは赤い色をした硫化水銀を含む鉱石なのですが、赤い色の鉱石といえば、鉄鉱石が同じく赤い石です。須佐之男命は後に草那芸之大刀《くさなぎのつるぎ》を天照大御《あまてらすおほみ》神《かみ》に献上していますが、その舞台となる鳥髪村は、古来、たたら製鉄が盛んだったところです。つまり須佐は、海が荒《すさ》ぶるというだけでなく、鉄鉱石を用いた製鉄にも関連する名前ということになります。

ちなみにこの「朱砂《すさ》」という鉱石ですが、西洋では「賢者の石」と呼ばれ、また中国の『史記』には、この石を見つけた人が巨万の富を築いたという逸話が紹介されています。つまり須佐之男という名前には、赤い鉱石によって巨万の富を築いた男という意味が含まれていることになります。

ところがその須佐之男命は、伊耶那岐《いさなき》大神から命ぜられた海原を知らそうとせず、八拳須《やつかひげ》の心前《こころさき》に至るまで、啼《な》き伊佐知伎《いさちき》たとあります。八拳須というのは、握りこぶし八つ分の長さにまで伸びた髭のこと、心前はみぞおちのことです。つまり髭がみぞおちくらいまで長く伸びた年頃になったということです。伊佐知伎は以音で大和言葉の「いさちき」です。「いさ」は古語では「ええ」とか「ああ」と同じ感動詞で、「ちき」は「散る」の形容動詞です。つまり大声で泣きちらしたということです。

この三貴神がお生まれになったのが、竺紫の日向の橘の小門で、そこが福岡県の志賀島とすれば、須佐之男命は朝鮮海峡の護りのための海原の監視を命ぜられたことになります。ところが泣いてばかりいて監視を怠れば、おかしな人たちが上陸してきます。そのことが「悪《あ》しき神《かみ》の音《おと》は、狭蠅皆満《さばへみなみ》ちる如く、万《よろず》の物《もの》の妖《わざわひ》悉《ことごと》発《おこ》りき」と書かれています。

そこで伊耶那岐大神が、「どうしてお前は泣いてばかりいて与えられた仕事をしないのか」と問いますと、須佐之男命は「僕は妣《はは》の国の根之堅洲国《ねのかたすくに》に行きたくて泣いているのです」と答えます。「妣」という字はもともと食事のためのスプーンの形が、そのまま文字になったものです。いまでは亡き母を意味する語となっていますが、もともとは単に配偶者のことを意味しました。つまり子の須佐之男命からみたら、母親です。そしてその母親は、根之堅洲国にいるのだといいます。伊耶那岐の妻は伊耶那美です。その伊耶那美は、黄泉の国にいて、黄泉津大神《よもつおおかみ》となられているはずなのに、ここでは、そうではなくて根之堅洲国にいると書いています。では、根之堅洲国とは、どこのことを言うのでしょうか。根という字は、付け根やみなもとのことで、もともと居た場所のことです。堅洲はしっかりとした洲のことですので、ここで言う根之堅洲国は、「もといたしっかりした場所」という意味で、ひとことでいうならば母の実家、生まれたところといった意味になろうかと思います。

そして伊耶那美が黄泉にいるなら、ここでいう母は、黄泉にいる伊耶那美ではなくて、伊耶那岐が帰国後に娶《めと》った後妻のことを指しているものということになります。つまり伊耶那岐は帰国後に別な女性との間で子をなすわけです。おそらくその女性は、後に須佐之男命が奥出雲の鳥髪村に降り立つことからすると、その地にあって、伊耶那美の血をひく女性であったものと思われます。ちなみに、伊耶那美が黄泉の国で黄泉津大神となられたということから、天照大御神以後、天孫《てんそん》から現御皇室まで、男系男子が皇位継承者とされているのは、あくまで伊耶那岐大神の血を受け継ぐ者という意味合いが課せられたことによるものと思います。

### ▼神夜良比《かむやらひ》

どうしてもその生母のもとに行きたいという須佐之男命《すさのをのみこと》に、伊耶那岐《いさなき》大神は激しく怒られ、「ならば汝《いまし》は、この国に住むな」と、須佐之男命を神夜良比《かむやらひ》に夜良比《やらひ》たまわれたと書かれています。神夜良比夜良比は以音です。「やらふ」は「遣らふ」で、これは追放したとか追い払ったという意味です。ですから「神夜良比《かむやらひ》に夜良比《やらひ》」は、神が追放して追い払ったということです。

そしてこのあと、伊耶那岐大神は、淡海《あはうみ》の多賀《たが》に鎮座されたとあります。すでに大神としての全知全能を天照大御神《あまてらすおほみかみ》に委ねられているのです。あとのことは天照大御神に託され、多賀に隠居されたということであろうと思われます。ちなみにこの「淡海《あはうみ》の多賀」の所在地には二説あり、近江の多賀（滋賀県犬上郡多賀。ここには多何神社があります）説と、淡路の津名郡にある淡路伊佐奈伎神社（名神大社）説があります。国の始まりは淡路島ということもあり、社格も大社《おおやしろ》で淡路の名神大社が上とされているので、おそらくは、淡路のことであろうと思われます。

以下第二巻『ねずさんと語る古事記・弐』に続く

# 『ねずさんと語る古事記　壱〜参』の「解説」

東京大学名誉教授　**矢作直樹**

このたびの小名木善行先生の渾身《こんしん》の力作『ねずさんと語る古事記　壱〜参』について簡単に述べさせていただきます。

今さら言うまでもなく「古事記」は、いままで数多くの研究者の方々が様々な本を出されてきました。詳細な解釈本、現代語訳、物語、図解本、絵本など実に多彩な関連本があります。

さて、小名木先生はこれまで「倭塾」を開いてこられました。私も幾度か拝聴《はいちょう》していましたので、今回「古事記」を御本として出版されると伺《うかが》い、どのような御本になるのかとても楽しみにしていました。いざ原稿を拝読して、先行する幾多の本に屋上屋を重ねることがないことをあらためて理解しました。

本書は、三巻からなる「古事記」原書の上つ巻にある、「序文・天地の創成」から「海佐知毘古、山佐知毘古」、中つ巻のはじめの「神倭伊波礼毘古命」の話までをとりあげています。そしてわかりやすいように象徴的な十の章立てにされています。その各章は、原文、読み下し文、現代語訳、そして解説から成っています。

本書の特徴は、まず小名木先生が漢文の原文を忠実に読み込まれていることです。特に、大和言葉に後から漢字を当てはめた、という基本原則に則《のっと》り、音と訓の双方に注目して明確に解釈を進めていかれています。さらに行間を読む、という作業がつけくわわります。そしてそこからさらに理論的な考察に至っています。それが、とても鋭く斬新《ざんしん》で、しかも血の通ったわかりやすい解説としてあらわされています。

このような解釈がなされたのは、小名木先生の、「古事記」は言うに及ばず古代から現代に至るまでの歴史文化への深い造詣《ぞうけい》と愛着、そして完璧《かんぺき》を求める追求心の賜物《たまもの》ではないかと思います。

詳細は、読者の皆様の楽しみのために述べませんが、随所《ずいしょ》に小名木先生の世界が展開されていて、思わずそこに引き込まれるほどと唸らされます。

まず、太安万呂《おおのやすまろ》の序文で、臣安万呂が「自分が天皇直下の官僚であり、神々に通じる天皇と、天皇のおほみたからである民のために働く」という、我が国の特質である「シラス」を暗示させています。また、「古を省《かえり》みることで今の時代を照らすことで、人の道が絶えようとしていることを補う」という日本人独特の歴史観を指摘しています。そこでは、建前《たてまえ》が重視される故《ゆえ》に記《しる》されないことを理解するために「行間を読む」ことが必要であることも述べられています。

さらに、天武《てんむ》天皇の詔《みことのり》「諸家にもたらされている帝紀《すめらきのひつき》と本辞《さきつよのことば》」と、本文の「天皇が移り変わっても（稗田阿礼《ひえだのあれ》が）未だ全部を暗唱するに至っていない」という記述から鋭い考察がなされています。つまり、白村江《はくすきえ》の大敗後、国の危機的状況の中で国家統治の基本となる史書の編纂《へんさん》をお命じになられた天武天皇は、「古事記」が「帝紀」と「本辞」（「帝《てい》皇日継《おうのひつぎ》」と「先代旧辞《せんだいのくじ》」と同じものを指すと言われている）のみならず各地の豪族たちが各々《おのおの》自分たちの家のルーツを書き残した文書や口伝《くでん》からも「偽りを削り真実を見定めて」ひとつの文書に整理統合するよう意図されたことまで読み解かれています。それらを踏まえた上で精査検証過程の「古事記」が元明《げんめい》天皇の命により献上された経緯への理解に繋《つな》がるかと思います。

本文については、読者の皆様が思い思いに楽しくお読みいただくのがよいと思いますので詳細は述べませんが、特に印象深いエピソードについて二つほど取り上げさせていただきます。

まず、天地の初めで、別天神《ことあまつかみ》から神世七代《かみよななよ》の神々の名前をその漢字から解釈されていますす。古事記を読みはじめたときに、往々《おうおう》にしてこの神々の長い名前が次々と出てくるのに戸惑う方もいらっしゃるのではないでしょうか。本書では、たいせつな神々のお名前について懇切丁寧《こんせつていねい》に解説されています。きっと、なるほどと得心《とくしん》がいって物語にはいっていけるのではないでしょうか。

また、天照大御神《あまてらすおほみかみ》の命を受けた建御雷神《たけみかづちのかみ》が大団円《だいだんえん》を演じる、「第七章第六節　シラスとウシハク」は本書の真骨頂《しんこっちょう》を表しています。今に続く我が国の国柄《くにがら》を端的《たんてき》に現《あらわ》す「ウシハクを内包《ないほう》するシラス」についてレストランのコップを例に実にわかりやすく明快に説明されています。未《いま》だに世界は「力は正義」の支配者対被支配者の上下関係にある中で、我が国はまさに「天皇のシラス国」です。すなわち創成の神々と繋がる天皇が国民を「たから」として大切にされる国なのです。しかも、このシラス中に秩序を保つためのウシハクが内包されることで本当のシラス世になることを述べられています。たいへん鋭い指摘です。

なお、この後に父の大国主神《おほくにぬしのかみ》から決裁をまかされていた事代主神《ことしろぬしのかみ》がそれまで自分たちが国つくりをしてきた葦原中つ国《あしはらのなかつくに》を、民のことを考えて天照大御神の命に素直に従ったこと、そして今も人々から「ゑびす様」として讃《たた》えられ懇切丁寧に説明されています。

このように、各章ごとに興味深い解釈が続いてまいります。

様々な「古事記」を研究された方も、これから「古事記」を勉強しようという方も、本書により古えの時代をいま生きた話として感動をもって読んでいただけるものと確信し、謹んでご推薦申し上げます。

# あとがき

『ねずさんと語る古事記　壱』をお読みいただき、ありがとうございました。

正直なところ、この第一巻で扱った「序文、創成の神々、伊耶那岐《いざなき》・伊耶那美《いざなみ》」の章は、古来、古事記の神話の章の中でも読者にとってはいちばん楽しみの少ないというか、むずかしい章であるといわれてきたところです。ですからもしこの第一巻をお読みいただいて、何らかの知的刺激を受けられ、「おもしろい」とお感じいただけたとするなら、続く二巻以降の「天照大御神《あまてらすおほみかみ》と須佐之男命《すさのをのみこと》、八俣遠呂智《やまたのおろち》、大国主神《おほぬしくにかみ》、葦原中国《あしはらなかつくに》の平定、迩々芸命《ににぎのみこと》の天孫降臨、海佐知毘古《うみさちひこ》と山佐知毘古《やまさちひこ》、神倭伊波礼毘古命《かむやまといはれひこのみこと》」の各物語は、物語にストーリー性があるだけに、きっと夢中になってお読みいただける内容になっていると思います。宣伝ではなく本当に是非、続きをお楽しみいただければと思います。

本巻でお話ししました「序文」「創成の神々」「伊耶那岐、伊耶那美」の各章は、これまでのどの解説書にも書かれていなかった切り口での解釈が行われています。正直なところ、自分でもどうしてこのようなことが書けたのか不思議に思うくらいです。完全に自分の実力を超えていると実感しています。おそらくどなたかの神様が降りて来られて、私はそれを「書かされた」のではないかと思っています。これは正直な実感です。

「序文」では、古事記が各豪族が所持《しょじ》していた史書を天皇の名のもとに包括《ほうかつ》的に取りまとめたものであると述べさせていただきましたし、「創世の神々」では、中国渡来《とらい》の陰陽とは関係なく我が国独自の神々に関する思索《しさく》が述べられていると書かせていただきました。「伊耶那岐、伊耶那美」では、神生《かみう》みでお生まれになった神々は、その名前を丁寧に読んでいくと、まったく別なひとつのストーリーが描かれているのだということや、黄泉の国において伊耶那美が腐乱死体になっているという読み方は、実はまったく違うとも書かせていただきました。また、黄泉《よみ》の国というのは、実は死者の国のことだけを言っているのではないということも書かせていただいています。そのどれもが、これまでにない古事記の読み方となっています。

これが、単に「私がそう思う」というものであるならば、本にするような値打ちのあることではありません。けれどそこに、日本を取り戻すための大きなヒント、日本人としてのアイデンティティの原点ともなるべき重要事項が書かれているのだとするならば、それを「そうとわかるように」世の中に提示《ていじ》させていただくことは、これは意味のあることであると思います。そして、古事記がなぜ漢字で書かれているのか。漢字で書いてあるのに、どうして

「音《こえ》を以《もち》いる」とわざわざ注釈まで付けて大和言葉で書き表わしているのか、そもそも日本には明らかに日本語があるのに、それを漢字で書いたことにはどのような狙いや意図があったのかということを、謙虚にとらえて古事記を読み進めば、そこから得られる神話は、日本に古来からあるたいへんに優れた思想や慣習、あるいは伝統的価値観をものすごく丁寧に反映させたものであり、日本人のアイデンティティそのものが古事記を原点としていることがわかります。これは、私たち日本人が、しっかりと学ぶべき価値のあることであると思います。

たとえば伊耶那美は死んだと書かれています。そこで使われている「死」という漢字は、音読みも訓読みもどちらも「し」です。大和言葉で「し」は、停止とかお終《しま》いといった意味を表わすといえますが、同時に日本人は、太古の昔から魂こそが本体であって、肉体は単に魂の乗り物にすぎないと考えてきました。ですから「し」によって肉体は活動を停止しますが、魂は肉体から離れてもそのまま生き続けます。このことを「日本人は死者と共存して生きてきた民族である」と述べる先生もおいでになります。とりわけ伊耶那美の意味するものは、すべての女性性に宿る御神体そのものでもあるわけですから、肉体が滅ぶことをもって単純に「死＝すべての活動の停止」ととらえることは間違いということになります。

そこで「死」という漢字の成り立ちを調べてみると、漢字の「匕」の部分は横たわっている母、それ以外の「匕」を除いた部分は、その横たわった母の横で、息子が両手を合わせて膝《ひざ》をついている姿の象形で成り立っていることがわかります。つまり文字そのもので見る限り、横たわっている母は死んでいるのか、病気で横たわっているだけなのかの特定はされていません。本当に死んでしまって肉体が滅び始めると、遺体に蛆《うじ》がたかりますから「屍《し》」という漢字になります。

そして古事記の原文を読むと、伊耶那美は、「死」とは書いてありますが、「屍」とは書いてない。つまり伊耶那美のみたま御霊《みたま》は生きているという前提で話が進められていることになります。そういう古代の日本人の思考を、ちゃんと踏まえながら、私たちは古事記をただ「読む」のではなく、「学ばせていただく」という姿勢で古事記を読む必要があると思うのです。

ですから本書のタイトルは『ねずさんと語る古事記』とさせていただきました。わざわざ「と」としたのは、古事記をみなさまとご一緒に語りあい学びあっていきたいと思ったからです。

さて。続く第二巻には、いよいよ天照大御神や須佐之男命が登場します。なぜ天照大御神が最高神であられるのか、どうして須佐之男命は地上に降り立たれたのか。実は須佐之男命のここの部分のお話には、本物の日本男児のDNAというか、日本男児の男らしさの原点が見事に語られています。古事記は本当に面白いです。乞《こ》うご期待です。

## 参考図書

『日本思想大系I、古事記』岩波書店
次田真幸著『古事記』講談社
倉野憲司著『古事記』岩波書店
福永武彦著『現代語訳 古事記』河出書房
鈴木三重吉著『古事記物語』
萩原継男著『古事記、祓い言葉の謎を解く』叢文社
三橋健『神道の常識がわかる小事典』ＰＨＰ研究所
影山正治『神話に學ぶ』大東塾出版部
小野善一郎『日本を元気にする古事記の心』青林堂
長浜浩明『日本人ルーツの謎を解く』展転社
久松文雄『まんがで読む古事記一～五』青林堂（神道文学賞受賞）
池田仁三著『古墳墓碑・上』青林堂
『三省堂漢和辞典』三省堂
『広漢和辞典』大修館書店
『広辞苑』岩波書店
『大漢語林』大修館書店
『大漢和辞典』大修館書店
『古語大鑑』東京大学出版会

**小名木善行**（おなぎぜんこう／HNねず）

昭和31年1月東京目黒区生まれ。静岡県浜松市出身。 現在千葉県在住。上場信販会社経営企画、管理部長、現場支店長として常に全国トップの成績を残す。現在は執筆活動を中心に、私塾である「倭塾」、「百人一首塾」を運営、またインターネット上でブログ「ねずさんのひとりごと」を毎日配信。他に「ねずさんのメールマガジン」を発行している。動画では、CGSで「ねずさんのふたりごと」や「Hirameki.TV」に出演して「奇跡の将軍樋口季一郎」、「古事記から読み解く経営の真髄」などを発表し、またDVDでは「ねずさんの目からウロコの日本の歴史」、「正しい歴史に学ぶすばらしい国日本」などが発売配布されている。年に100回前後の講演活動を行い、熱田神宮や徳島県神社庁、滋賀県神社庁においても講演の実績がある。

小名木善行事務所　所長
倭塾　塾長
日本の心を伝える会代表
日本史検定講座講師＆教務。
（著書）
『ねずさんの昔も今もすごいぞ日本人』
『ねずさんの 昔も今もすごいぞ日本人！和と結いの心と対等意識』
『ねずさんの 昔も今もすごいぞ日本人！日本はなぜ戦ったのか』
『ねずさんの日本の心で読み解く百人一首』日本図書館協会推薦

---

**ねずさんと語る古事記　壱**

平成29年3月15日　初版発行
令和 4 年3月20日　第4刷発行

著　者——小名木善行
発行人——蟹江幹彦
発行所——株式会社 青林堂
〒150-0002
東京都渋谷区渋谷3-7-6
TEL：03-5468-7769
装　幀——奥村靫正（TSTJ Inc.）
印刷所——美研プリンティング株式会社

---

ISBN978-4-7926-0581-0 C0021

http://www.garo.co.jp

## 青林堂刊行書籍案内

ねずさんと語る古事記　壱・弐・参
小名木善行
定価各　1400円（税抜）

日本建国史
小名木善行
定価　1800円（税抜）

金融経済の裏側
小名木善行
定価　1600円（税抜）

ねずさんの知っておきたい日本のすごい秘密
小名木善行
定価　1600円（税抜）